Regalo de Amor

Por

SUSANA QUERO DE TOSINI

Regalo de amor
1ª edición

© Copyright 2012 por El Amanecer
Tucumán 351 – Tel/Fax (0351) 4237903
(X5000JSG) Córdoba – Argentina

Email: info@elamanecerweb.com.ar
www.elamanecerweb.com.ar

ISBN: 978-987- 26930-6-0
Hecho el depósito que marca la ley 11.723

Corrección y edición: Luis Manoukian

Diseño de tapa: Martín Vega

Diseño de libro epub:
Ediciones Bará
edicionesbara@gmail.com
+54 6 351 557 6318

Dedico este libro a:

Mis nueras y yernos:

Roxana (esposa de mi hijo Néstor)
Jennie (esposa de mi hijo Fredy)
Daniel (esposo de mi hija Mariel)
Ariel (esposo de mi hija Nilce)
Darío (esposo de mi hija Licia)

Agradecida a todos ellos, porque son realmente las ayudas idóneas de mis hijos y los han ayudado a realizarse en la vida, tanto en lo material como en lo espiritual.

Reconocimientos a la autora:

"¿Cómo definir a Susy?, pienso que la palabra "inspiración" es la más pertinente, ya que su ejemplo de vida y sus largas horas de estudio bíblico, despertaron en mí, el deseo de estudiar profundamente la Biblia. La pasión de Susy por las Sagradas Escrituras atrajo mi atención y me hizo tomar conciencia de la importancia de estudiarla como guía para mi vida. Por eso pienso que Susy es eso: Inspiración".

Rafa Quinteros (ex alumno)

"Susy, ejemplo de constancia, fidelidad y amor.
Dios le dio sabiduría para bendecirnos a través de este material.
Su recompensa son sus hijos, nueras, yernos y nietos en los caminos del Señor.
Dios la bendiga".

Jennie (nuera)

"Siempre admiré su constancia y dedicación al estudio diario de las Escrituras, que siempre, con mucho esmero, se encargó de transmitirnos su conocimiento y mostrarnos el camino que debemos seguir.
Pido a Dios que la siga bendiciendo.
Con mucho cariño".

Fredy Tosini (hijo)

"Estoy agradecido a mi «bula» (así le digo yo) por sus enseñanzas y dedicación. Es una persona con un gran conocimiento de la Palabra de Dios, siempre dispuesta a enseñarla y a sacar nuestras dudas (aunque sean las 4 de la mañana y no coordine mucho a esa hora). Ella siempre nos explica lo que le pidamos, por más que le lleve mucho tiempo. Es una gran bendición en mi vida y estoy agradecido a Dios por eso".

Leo (nieto mayor)

"Es un ejemplo para mí, porque estuvo siempre brindándome su ayuda y sus consejos en etapas difíciles de mi vida, y hasta el día de hoy. Por eso la considero una gran mujer de Dios".

Mari (amiga)

"Mi abuela es una de las personas que más admiro y tengo de ejemplo en mi vida. Disfruto ir a preguntarle mis dudas sobre la Biblia, porque siempre tiene las respuestas, y termina hablándome por horas, que se me pasan volando. Le agradezco muchísimo por enseñarme tanto y por soportar cada vez que la cargo con mis chistes. Espero que el Señor me premie algún día con una capacidad, conocimiento y memoria como la que mi abuela tiene".

Lucas (nieto)

Agradecimientos:

Quiero agradecer de todo corazón a Marcos Benavidez, de librería "El Amanecer", por su paciencia y colaboración para que mis libros sean realidad.

También a Luis Manoukian, por el arduo trabajo que tiene de corregir; y a su equipo, por diagramar lo que escribo.

Además, quiero agradecer a todas las personas que, ya sea por carta, o personalmente, me animan a seguir escribiendo.

Y por sobre todas las cosas, tengo que agradecerle al Señor por utilizarme a través de este medio para la conversión de aquellos que todavía no le conocían y para aconsejar a hermanos en la fe.

Susana Quero de Tosini

Contenido

Prefacio

Esta historia que están por leer, está basada en hechos reales que me contaron hermanas en la fe durante retiros o conferencias a las que asistí invitada como oradora. Ellas me pidieron que las narrara.

Se trata de dos historias diferentes que entrelacé porque tienen mucho en común.

Fui reacia a escribirlas por ser testimonios muy fuertes, pero ante los acontecimientos que hoy estamos viendo y oyendo como sociedad, tanto en el ámbito secular como en el evangélico, creo que es el momento que salgan a la luz.

Para proteger la privacidad de los protagonistas, todos los nombres y circunstancias utilizados son ficticios. Solo cuento lo que me piden que así haga.

Estas historias me fueron contadas en no más de 30 ó 60 minutos. De modo que al darles forma de novela, fue necesario incorporar hechos y personajes de ficción que complementen la narración.

Esta historia tiene enseñanzas para adolescentes, jóvenes y matrimonios. Son experiencias que nadie desearía vivir, pero que a la vez sirven como ejemplo para crear conciencia de cómo todas nuestras decisiones, por pequeñas que parezcan, tienen consecuencias.

Deseo fervientemente que este libro sea de ayuda y bendición para todos.

Con mucho amor,

Susana Quero de Tosini.

Capítulo 1

Una niñez feliz

En la ciudad de Salta, en un barrio no muy alejado del centro, el matrimonio Soluaga mira desde un ventanal cómo juegan sus hijos en la vereda. Diana, que tiene 8 años, es una niña de cabello castaño, ojos vivaces, rostro delicado y una sonrisa constante en sus labios. Corre con sus patines a lo largo de la calle y la vereda. Su hermano Iván, de 12 años, tiene todavía facciones de niño y es muy parecido a su hermana. Ambos se divierten jugando.

El hermano mayor está sentado en la verja del jardín y justo cuando pasa su hermana, le pone una zancadilla, sabiendo que ella la va a saltar, como siempre. Después de saltarla, Diana le hace muecas de burla. Ambos se ríen. Cuando la niña vuelve, él se coloca con las piernas y los brazos abiertos entre un árbol y la verja. Ella aumenta la velocidad de sus patines y salta la verja, corre por el jardín unos metros y vuelve a saltar la empalizada, mientras se burla nuevamente de su hermano.

Sus padres están felices de verlos tan divertidos. Se retiran del ventanal sabiendo que el juego durará bastante tiempo todavía.

—¡Qué admirable la agilidad que tiene Diana! —observa Carlos—. ¿Viste cómo saltó la verja sin problema?

–Lo que veo es un padre baboso por su hija –responde su esposa pasándole la mano por el mentón.

–Es cierto, no te lo puedo negar, esa chiquilla es maravillosa.

–Pero Iván tiene lo suyo –corrige la madre–. Es el abanderado del colegio y todos sus compañeros lo aprecian.

–Sí, tenés razón. Cada hijo tiene lo suyo, pero los dos se destacan de los demás.

–Recordá que es una capacidad que el Señor les dio. No tenemos que atribuirnos méritos que no tenemos.

–Sí, pero hay que reconocer que nosotros colaboramos bastante –ambos ríen ante esta ocurrencia.

El juego continúa por un rato. Diana mira su reloj, regalo de su padre.

–Voy al gimnasio, mis compañeras me están esperando.

–Te acompaño –Iván siempre dispuesto a proteger a su hermana–. Ya volvemos, mamá –grita pidiendo permiso. Cuando se da vuelta, ya Diana lo ha superado por varios metros.

–No vale. Vos vas con patines –la niña gira, vuelve hasta donde está él, lo rodea y corre nuevamente riéndose.

Se divierten jugando y hacen el recorrido hasta el gimnasio que está a seis cuadras de su casa.

La profesora les indica algunos ejercicios que Diana no tiene problema en realizar. Algunas compañeras se unen a ella y otras quedan rezagadas.

Iván las observa, sentado en el piso, con su espalda apoyada en la empalizada y con los brazos cruzados sobre el pecho. Le divierte ver las piruetas y la elegancia que demuestra su hermana. Se siente orgulloso de comprobar que supera a todas sus compañeras.

Cuando el entrenamiento termina, algunas chicas se retiran y otras quedan jugando en la pista. Ahora, como no está la profesora, Diana se siente en completa libertad para deslizarse a su gusto. En un descuido de su hermano, salta sobre su cabeza asustándolo. Mientras se aleja le hace las muecas de burla acostumbradas, que producen carcajadas en Iván.

Al rato, el jovencito se levanta.

–Bueno, señorita, es hora de volver a casa.

La niña se saca sus patines, se sube en las espaldas de su hermano que corre tratando de hacerla caer. Cuando lo consigue, la sostiene para que no se golpee.

–¡Ooooh! Pensabas que te iba a dejar caer al piso, ¿no? –ella lo persigue riéndose–. Ahora no tenés los patines… No me vas a alcanzar.

–Veremos si no.

Iván llega a su casa antes y la espera para burlarse. Los dos entran riéndose.

Su madre es feliz al verlos tan compañeros y divertidos.

Pasan dos semanas, y como Iván tiene evaluaciones difíciles, Carlos va a buscar a su hija al gimnasio. Cuando termina el entrenamiento, la profesora se acerca.

–Diana tiene todo el potencial para competir –le dice, mientras ambos observan cómo las niñas se deslizan en la pista.

–¿Para competir ha dicho usted?

–Sí, el mes que viene son las competencias intercolegiales. Me gustaría que Diana participara representando nuestro colegio y necesito que los padres nos den su aprobación.

–¿Le parece que mi hija está preparada para eso? –Carlos no puede esconder su entusiasmo.

–¡Por supuesto! Es la más destacada de mis alumnas.

Al volver hacia su hogar, padre e hija caminan tomados de la mano.

–Me dijo tu profesora que podrías competir en los intercolegiales. ¿Qué te parece?

La niña salta de alegría.

–Sería maravilloso, papá. ¿Me irías a ver?

–¡Por supuesto! –la levanta en sus brazos como si fuera una bebé–. ¿Cómo me perdería ver el triunfo de mi hijita?

La niña frunce el seño.

–¿Y si no gano?

–Para la próxima, te entrenás mejor.

Vuelve la sonrisa al rostro de Diana. Al llegar, Carlos la deposita en el suelo y le da una palmada.

–Ahora, a bañarse y a estudiar.

Cuando la niña desaparece, el esposo le cuenta a Inés la proposición de la profesora de Diana. Ella recibe la noticia con no mucho entusiasmo.

–No quisiera que tuviera que esforzarse. Ella es feliz jugando.

–Pero la maestra dice que tiene todas las posibilidades de ganar –menciona mientras abraza a su esposa–. ¿No te gustaría tener una hija campeona?

Ella gira y le da un pequeño pellizco en la mejilla.

Llega el día de la competencia y toda la familia Soluaga está en la tribuna. En el desfile preliminar, Diana aparece con su vestido de bailarina y se desliza junto con sus compañeras por la pista. Hay aplausos y abucheos de la concurrencia.

Cuando llega el momento que la niña compita con alumnos de los demás colegios, Carlos no puede controlar sus nervios.

Comienza la competencia y Diana, aturdida por los gritos del público, no escucha la orden de salida y queda rezagada. Al darse cuenta que las demás ya salieron, comienza a correr. Todos aplauden al ver cómo la niña va pasando en zigzag a las demás.

En la última vuelta al estadio, solamente quedan dos contrincantes delante de ella. Aprovecha el peralte de la pista y desciende rápidamente, pasando al frente y ganando la competencia.

Estalla el estadio y Carlos corre a abrazar a su hija, con lágrimas en los ojos.

–¡Estuviste genial, hija! –la alza y la hace girar.

–¿Me viste, papá? –dice sonriendo a sus anchas y disfrutando el momento.

–¡Por supuesto! Lindo susto me diste cuando te quedaste parada mientras las demás salían.

–Con los gritos, no escuché el silbato.

–Tu profesora tenía razón. Sos toda una campeona.

Llegan Inés y su hijo, que también la abrazan y besan repetidas veces.

El parlante anuncia que suban al podio las ganadoras y Diana no entiende lo que le piden.

–Tenés que subirte al podio.

La niña lo mira desconcertada.

–¿Y eso, qué es…?

Iván la toma de la mano y la deposita en el escalón más alto.

–Éste es el lugar de la campeona –le dice, orgulloso.

Después de todas las felicitaciones, la familia Soluaga, vuelve a su hogar. Diana hace el recorrido saltando y meciendo su medalla.

Después de esta competencia, se suceden otras más en las que la niña siempre gana. Para ella es una diversión más. No toma conciencia realmente de lo que está en juego.

Los años pasan y cuando está por cumplir sus 12 años, el colegio la lleva a competir en Mar del Plata, por el máximo trofeo argentino.

Carlos ha decidido que la acompañen su madre y hermano, porque él no puede dejar su trabajo en el hospital.

Mientras preparan sus bolsos, Inés observa que Diana está muy seria.

–¿Estás nerviosa, hija?

–Sí, me preocupa, porque es la última competencia en esta categoría. Cuando cumpla 12 años, tendré que pasar a la siguiente y ahí no sé si podré ganar. Y no le daré esa felicidad a papá.

–Si no querés competir, se lo dices y listo.

–No es eso, sino que son muchas más horas de entrenamiento y ya tengo que empezar la secundaria.

Inés se sienta al lado de su hija en la cama.

–Mirá Diana, esto no es obligatorio. Si lo hacés con gusto, bien. Si no, lo dejás. Además… –la madre interrumpe lo que iba a decir y se levanta.

–Además, ¿qué, mamá?

–Las competencias de mayores son los días domingos. Y vos sabés que es el día del Señor.

–Ya lo sé, pero papá dice que es lo mismo que si tuviera que trabajar ese día. Hay muchos que faltan a la iglesia por sus trabajos.

–No es lo mismo, Diana. El que trabaja lo hace por obligación. En cambio, las competencias no son obligatorias.

Inés no quiere seguir cargando con responsabilidades a su hija y se retira.

Al salir al estadio en Mar del Plata, Diana queda admirada de la cantidad de gente que hay en las tribunas, del piso que parece un espejo, y de lo hermosas que lucen todas las competidoras con sus vestidos de baile y sus patines, a cual más sofisticado.

Cuando gana la carrera, el estadio estalla en aplausos y ella se siente la reina de la fiesta, parada en lo más alto del podio. Esta vez, el trofeo es una copa enorme que apenas puede sostener. La levanta con ambas manos y dirige su mirada hacia su madre y hermano, que lloran de emoción.

Como la empalizada tiene un tejido de alambre, nadie puede acceder a la pista, así que tienen que conformarse con ver pasar la comitiva, dando la vuelta olímpica. Diana la preside, con su copa en alto.

En el hospital médicos y enfermeros han seguido la competencia por televisión y ante el triunfo de Diana, abrazan y felicitan a Carlos que llora como un niño. La jovencita se ha ganado el cariño de todos por la simpatía con que saluda a los empleados del hospital y, a pedido de ellos, muchas veces ha llevado sus patines y les ha dedicado sus piruetas que siempre despertaron el asombro y la sonrisa de ellos. Su padre, que cumple funciones como profesor en el nosocomio, hace como que la reprende, aunque en realidad el orgullo le brota por los poros.

Capítulo 2

La noticia inesperada

AL CUMPLIR DOCE AÑOS, DIANA PASA DE CATEGORÍA Y, COMO ella lo presagiara, no puede ganar las competencias. Siempre llega entre las más rezagadas.

Ya no ríe como antes y su esfuerzo es infructuoso. Entrena seis horas diarias que la agotan físicamente. Cuando se pone a estudiar, muchas veces se duerme apoyada en los libros. Inés observa esto con preocupación, pero cada vez que trata de hacérselo entender a su esposo, éste la evade.

–Cuando crezca un poco, volverá a ganar.

Pasan dos años y la situación no cambia. Lo único que alegra a la jovencita es "pelear" con su hermano o patinar con sus compañeras, sin responsabilidades.

Llega la primavera y para el día del estudiante los jóvenes de la iglesia organizan una caminata hasta el cerro. Diana vuelve a sonreír preparando su mochila, mientras bromea con su hermano.

–¿Vas a llevar los patines? –le pregunta Iván, asombrado.

–¡Por supuesto! Arriba del cerro hay una pista de mosaicos hermosa. Soledad y Alejandra también los van a llevar.

El hermano mueve la cabeza, resignado.

–Algún día te voy a ver dormir con esos patines –bromea, calzando su mochila al hombro.

Cantando y jugando, los jóvenes suben la cuesta que serpentea el cerro. Al llegar arriba, tiran sus mochilas y secan su transpiración.

–¡Parecía más fácil desde abajo! –bromea Gustavo, el amigo más cercano de Iván.

Pasan una mañana divertida. Almuerzan los sándwiches que les prepararon sus madres y quedan un rato en reposo, charlando animadamente. Diana se calza sus patines y comienza a danzar en el embaldosado. Sus amigas la imitan y juegan, riéndose de cada nueva pirueta. Iván, Gustavo y otros jóvenes, se dedican a observarlas y aplaudir sus saltos, media lunas y molinetes. Como siempre, el hermano mayor, que ya tiene 18 años y está por comenzar su carrera universitaria, le pone la "traba" y cuando Diana salta, le hace morisquetas de burla. Todos se ríen con sus ocurrencias.

–¡Qué hermosa que es Diana! –Gustavo la mira embelezado.

–¿No me digas que estás enamorado de mi hermana?

–Y eso qué tiene de malo. Ella es muy especial –su amigo lo expresa con un suspiro.

–La verdad que sería bueno tenerte como cuñado. ¿Es por eso que venís tan seguido a visitarme? –bromea Iván, dándole un suave puñetazo en el hombro.

Gustavo sonríe, sabiendo que se lo ha dicho para hacerlo rabiar.

–Me gusta desde que ella era chica. Pero ahora que se ha convertido en mujer, cada día la amo más.

Diana sigue jugando con sus compañeras, e Iván sigue molestándola. En uno de esos saltos, por burlarse de su hermano, la joven no advierte que está por chocar con el cerco de cemento de 1,20 m. de altura. Cuando ya está encima de él, pone sus manos sobre el cemento y salta al otro lado con su agilidad de siempre, pero ahí la tierra no es consistente y cae. Sus pies se deslizan y rueda cuesta abajo, golpeándose con piedras, palos y arbustos del lugar.

Todos se asoman asustados y cuando el cuerpo de Diana llega al pavimento, corren desesperados, bajando las escaleras y patinando en el asfalto. Iván llega primero y observa que el cuerpo de su hermana está todo golpeado y sus piernas parecen estar colgadas. Le habla y ella no contesta. Cuando llegan sus compañeros, la quieren acomodar y él los detiene:

—No la toquen. Voy a llamar a papá.

Saca su celular e intenta marcar el número varias veces, pero es tal el temblor de sus manos que no lo consigue. Gustavo se lo arrebata y hace el llamado.

—Señorita, por favor, dígale al doctor Carlos que su hija ha tenido un accidente…

Del otro lado se oye un golpe seco. La recepcionista, al escuchar la noticia, corre al consultorio del médico mencionado.

—Doctor Carlos, me avisaron que su hija tuvo un accidente —la joven le indica el lugar.

El profesor, deja todo lo que está haciendo y corre hacia emergencias. En el trayecto da órdenes a enfermeros y compañeros. Cuando llega a la ambulancia, el chofer lo está esperando. Uno de sus alumnos sube a su lado. Sonando la sirena y a gran velocidad, llegan hasta el lugar del accidente.

Carlos baja, mientras David, su alumno, le coloca el cuello ortopédico a Diana y entre los dos médicos la deslizan a la camilla. Los camilleros la levantan y colocan en la ambulancia que se dirige de regreso al hospital con las bocinas sonando.

Ni bien llegan, está todo listo y la trasladan a terapia. Lo primero que hace Carlos es colocarle un respirador, para nivelar su ritmo cardíaco. En un momento llegan los especialistas para evaluar la situación. Avisada por Gustavo, Inés corre al hospital. Después de revisarla, uno de los médicos mira a los padres con preocupación.

–Por el momento, no conviene hacerle nada, hasta que se estabilice. Solamente le pondremos suero y sondas para ayudarla. Las primeras 48 hs. son cruciales. Esperemos que no tenga ninguna complicación –Carlos asiente, sabiendo que su colega tiene razón.

Un rato después llegan Iván y Gustavo. Cuando el joven saluda al padre, su cara le dice todo. Pasan varias horas al lado de Diana, que no reacciona. Iván, Gustavo y David los acompañan sin pronunciar palabra, mientras caen lagrimones por sus mejillas. El silencio es tenso, pero nadie se anima a cortarlo.

Cuando ya ha pasado un tiempo prudencial, el jefe de terapia, que también ha permanecido conectando los monitores, les indica:

–Tendrán que retirarse. En este lugar sólo permitimos visitas a ciertas horas y por corto tiempo. Si quieren, pueden observar a través del vidrio, pero yo les aconsejo que vayan a descansar. Les avisaré cuando haya alguna novedad.

Todos se retiran en silencio. Iván se queda al lado del vidrio, mirando a su hermana y a los monitores. Los esposos Soluaga intentan llevarlo, pero él se niega. Se siente tan culpable de lo sucedido que necesita comprobar que su hermana seguirá con vida. Nunca se perdonará haberle hecho esa broma. Gustavo y David le dan una palmada en la espalda y también se retiran.

Cuando ya está anocheciendo, Iván sale y camina sin rumbo fijo. Llega hasta un parque cercano y se sienta en un banco, tomándose la cabeza con ambas manos.

—¿Qué te pasa, Iván? —la voz de Laura, una ex compañera de colegio, lo vuelve a la realidad.

En pocas palabras el joven le cuenta lo sucedido.

—Te aseguro que si pudiera me iría a mil kilómetros para no ver ni pensar —le dice Iván terminando su relato—. Me siento el ser más infeliz de la tierra.

Su compañera lo observa un rato.

—Yo tengo algo que te puede ayudar.

El joven levanta su mirada hacia ella.

—No sabés lo que estás diciendo. Nada me puede calmar en este momento.

—Esto sí… —Laura le muestra un sobrecito con un polvo blanco adentro—. Te voy a explicar cómo tenés que hacer.

Iván la observa sin medir las consecuencias. Acepta lo que su compañera le da y lo aspira como ella le indicó. Al ratito siente que empieza a volar y se esfuma de la realidad. Comienza a reírse sin ningún motivo y las lágrimas de sufrimiento se entremezclan con las del delirio que está experimentando. Laura lo lleva hacia un lugar más oscuro del parque para evitar las miradas indiscretas que les dirigen las personas que pasan. El joven se tira sobre el pasto.

—¿Qué me diste? Ahora veo todo hermoso… —sigue hablando incoherencias por un rato y se queda profundamente dormido. Su compañera aprovecha para irse. No quiere estar ahí cuando Iván reaccione.

Muy tarde esa noche, el joven despierta acostado en el pasto del parque. Hace frío y comienza a frotarse ambos brazos. No se acuerda lo que ha pasado. Se levanta, mirando el suelo que sube y baja. Bastante mareado, se dirige a su domicilio. Al llegar, su madre lo está esperando preocupada. Sin decirle nada, lo lleva hasta el dormitorio y lo ayuda a desvestirse y ponerse el pijama. Ya tranquila, va a hacerle compañía a su esposo que, aunque aparenta dormir, ella sabe que no puede hacerlo.

Al otro día, muy temprano, Carlos se pone el guardapolvo para dirigirse al hospital.

—Por favor, avisame cómo está Diana —le ruega Inés a su esposo. Él asiente sin palabras y sale. Toma el colectivo y desciende en su lugar de trabajo. Antes de comenzar el recorrido habitual, se dirige a terapia.

—Todo sigue igual —le explica el médico encargado—. Por suerte no ha surgido ninguna complicación.

—Pero no reacciona —Carlos no puede esconder su preocupación.

—Esperemos, cuando pasen las primeras 48 horas recién podremos evaluar la situación. Por ahora, sigue estable, y eso es muy bueno —el médico trata de animar a su colega.

El padre de Diana se retira cabizbajo. Al salir, ve a su hijo mirando por el ventanal.

—Sigue igual —le explica—. Andá a estudiar para el examen de ingreso. Si hay algún cambio, te aviso.

Iván obedece sin protestar. Parece un autómata. Cuando llega al establecimiento donde estudia, busca a Laura.

–¿Qué me diste anoche? Me desperté acostado en el parque.

–Pero te olvidaste de todo, ¿no?

–Ahora mismo me siento flotar. Parece que todos ríen a mi alrededor.

–Son los efectos secundarios, pero ya se te va a pasar.

Suena el timbre de entrada y cada grupo se separa para ir a las aulas. Iván se sienta en su pupitre con la sensación de que las voces que escucha están a metros de distancia, cuando en realidad sus compañeros están al lado. Gracias a Dios, no tiene que exponer ningún tema del examen, porque en ese momento no recuerda nada de todo lo estudiado.

Cuando sale, antes de volver a su hogar, pasa por el hospital. La situación de Diana no ha cambiado. Sigue inconsciente y sin ningún movimiento. El médico de terapia sale y le explica que su hermana está en estado de coma transitorio.

–Es una niña fuerte. Ya vas a ver que pasará esta crisis –lo anima.

Pasan las primeras 48 horas y Carlos ya tiene más esperanza.

–Ahora le haremos una resonancia y vamos a saber cuál es su problema –su colega trata de conformar al padre de Diana, sabiendo que él, al ser médico, no necesita muchas explicaciones.

Cuando ya le han hecho todos los estudios, el padre vuelve a terapia.

–Tiene varias quebraduras y los ojos infectados. Seguramente al rodar, entre la tierra y deshechos que hay allí, algo le debe haber entrado en la vista. Pero lo que más nos preocupa es un coágulo en su cabeza. Tendríamos que operarla, pero vos, más que nadie, sabés el peligro que se corre al estar en coma.

Por el momento, creo que lo más conveniente es esperar que reaccione.

–Sí, hagan lo que crean mejor. Yo, como padre, no estoy en condiciones de opinar –cuando Carlos se va retirando, agrega–. Por favor, ténganme al tanto de todo. Voy a hacer mi recorrida con los pacientes.

El médico de terapia asiente, mientras cambia el sachet de suero de Diana.

Pasan los días y la situación no cambia. A esta altura, Iván ya ha ingerido bastante droga proporcionada por su compañera. Quiere aliviar su culpa de alguna manera.

Han pasado dos semanas desde el accidente y cuando el joven vuelve a pedirle el sobre acostumbrado a Laura, ella le responde:

–Ya se me acabó. Pero si querés, te llevo a mi proveedor. Allí vas a poder conseguir.

La compañera lo dirige hasta un callejón con casas abandonadas y casi destruidas.

Cuando llegan a una, al final de la calle, Laura entra e invita a su compañero. Iván la obedece, con desconfianza. Adentro es deprimente lo que se presenta a la vista: hay basura por todos lados, ratas que se pasean lo más campante y un olor nauseabundo, que el joven no alcanza a distinguir.

Suben unas escalinatas y se encuentran con un hombre de melena larga, botas y campera de cuero, con tachas en toda su vestimenta y *piercing* en las orejas, las cejas, la nariz y la boca.

–Aquí te traigo un cliente, Cuchilla –así presenta Laura a su compañero.

El hombre se levanta, con un cigarrillo en la mano y camina alrededor de Iván, mirándolo de arriba abajo. El joven se siente bastante incómodo ante semejante escrutinio.

–¿Estás segura que no es un polizón?

–No, Cuchilla. Es un ex compañero del colegio.

Se dirige a Iván y le pregunta:

–¿Y qué merca venís a buscar?

El joven no sabe qué le ha dado Laura hasta entonces, así que la mira, preguntándole sin hablar.

–Hasta ahora ha consumido cocaína, nada más –la joven sale al paso, sabiendo que Iván no ha estado nunca en ese ambiente, por lo que tampoco sabe de qué se trata.

Cuchilla le muestra los sobrecitos.

–¿Cuántos vas a querer? –le pregunta mientras el humo de su cigarrillo le cubre la cara.

–No sé… lo que usted pueda.

–¿Cuánto traes?

Iván vuelve a mirar a su compañera.

–Te pregunta cuánta plata tenés.

–No tengo dinero –contesta el joven desorientado.

–Entonces no hay merca –Cuchilla vuelve a guardar los sobres–. Esto es un negocio, no una casa de beneficencia.

Laura toma del brazo a su compañero y lo saca hasta la vereda.

–¿No trajiste plata? ¿Cómo pensás comprar entonces?

–Si vos me dabas sin pagar.

–Sí, porque te quería ayudar. Pero ahora se me terminó a mí también. Y ya no puedo proveerte más. Tendrás que buscar dinero para comprar vos.

–¿De dónde querés que saque dinero? Soy estudiante. No trabajo.

Laura se encoge de hombros y lo deja en la vereda.

–Entonces, no consumas más –sonríe sabiendo que Iván no podrá soportar dejar la droga ahora que ya se envició. Su trabajo consiste en conseguirle clientes a Cuchilla. Su compañero fue la presa ideal por la desesperación que atravesaba.

Iván queda desorientado, pero ya empieza a sentir dolor de estómago y algunos calambres. Muy decidido, se dirige a la casa de Gustavo.

Ni bien entra, saluda a Priscila, la madre de su amigo, lo toma del brazo y lo lleva aparte.

–Tenés que prestarme plata –le dice en voz muy baja.

Gustavo lo mira frunciendo el entrecejo.

–¿Por qué tanto misterio? ¿En qué problema te metiste?

–Después te cuento. Ahora necesito dinero.

–Perdoname, Iván, pero si no me decís para qué es, no puedo prestarte nada –la voz del amigo suena bien firme.

–Está bien –el joven visitante se retira.

–Esperame… voy con vos –Gustavo quiere ayudar a su amigo, pero también quiere enterarse qué le pasa.

Cuando ya están afuera y han caminado unos metros, Iván comienza a temblar.

–¿Tenés frío? ¡Si hace un calor bárbaro! ¿O tenés muchísima fiebre? –coloca el dorso de su mano en la frente de su amigo–. Parece que no, pero entonces, ¿qué te pasa?

Iván sigue temblando y empieza a contorsionarse.

–Me duele el estómago –explica, mientras comienza a transpirar.

–Le pido el auto a mi viejo y te llevo al hospital –Gustavo gira para volver a su casa, pero Iván lo detiene.

–No, por favor, al hospital no. Ahí está mi papá.

–Y justamente, él va a saber qué hacer.

–No entendés. Sería peor –a esta altura, el joven vuelve a convulsionar.

Después de lo que ha escuchado y visto, Gustavo sospecha, pues ve los mismos síntomas de abstinencia que ha visto muchas veces en otros compañeros.

–Decime… ¿Te estuviste drogando?

–Sí –afirma Iván tirándose de rodillas en el piso y sosteniéndose el estómago con ambos brazos.

–¿Y viniste a pedirme plata para comprar más droga? ¡Vos estás loco! Ni en broma te prestaría para eso –ayuda a su amigo a ponerse de pie y lo sostiene para que se siente en el cordón de la vereda. Le da mucha lástima verlo en ese estado–. Yo te quiero ayudar, pero para tu bien, no para que te hundas más en ese vicio. ¿Hace cuánto que consumís?

–Desde el accidente de Diana. No podía soportar mi culpa y Laura me ofreció ayuda. En ese momento no me di cuenta lo que era. Solamente quería sentirme mejor.

–¿Caíste en las manos de esa bruja? Ay, Iván, en el colegio todos sabíamos quién era y a qué se dedicaba.

–Estaba tan mal, que ni pensé en eso.

Gustavo frota la espalda de su amigo, mientras piensa qué puede hacer.

–Esperame acá… ya vuelvo –el joven toma el celular y marca un número–. David, ¿podés venir un momento? Es urgente y estamos cerca de mi casa.

–¿Por qué llamaste a David? Él es amigo de papá.

–En este momento es el único que te puede ayudar. Además, no creo que le diga nada a don Carlos.

Al ratito aparece el joven médico en su auto.

–¿Qué pasa? –pregunta, bajando del vehículo. Pero cuando observa el estado de Iván, no le hace falta más explicaciones. Mira a Gustavo, mientras levanta al hijo de su profesor–. Tenemos que llevarlo al hospital.

–¡Nooo…! ¡Al hospital no! –grita desesperado el joven convaleciente.

–No te preocupés –lo tranquiliza David–, en este momento tu papá no está. Te llevaré a una sala que él no atiende.

No muy convencido, Iván sube al automóvil. Gustavo se sienta a su lado.

Cuando llegan al hospital, entre los dos amigos lo van sosteniendo hasta la sala. David no quiere llamar a los camilleros, porque seguramente, éstos le contarían a su profesor.

El lugar donde lo han llevado es bien alejado del otro sector del nosocomio donde están los consultorios. El médico lo acuesta en la única cama de la habitación, saca una correa que está atada a ella e inmoviliza a Iván. Gustavo observa sin entender mucho, pero se da cuenta que David quiere ayudar a su amigo.

–Le daré un calmante fuerte. Se ve que ha consumido bastante. Por favor, no te alejes de él hasta que vuelva. No dejes que se mueva mucho porque sentirá más dolor –con estas indicaciones, el médico se retira apurado y vuelve con una jeringa ya preparada–. Sostenelo…

De a poco, las convulsiones van cediendo, pero Iván sigue transpirando y quejándose.

–Le voy a poner anfetaminas para que se calme.

Gustavo lo mira, asustado.

–¿Le vas a inyectar más droga? Yo te llamé para que lo curaras, no para...

–Es la única manera de ayudarlo –lo interrumpe el médico–. Si le cortás la droga de golpe, no podrá aguantar –y poniendo una mano en el mentón, agrega–: Lo que no sé es cómo vamos a esconderle esto a Carlos. Aquí no lo va a encontrar, pero, ¿cómo va a justificar su ausencia?

Gustavo reconoce que el médico amigo tiene razón.

–Le diré que se quedó en casa para estudiar juntos.

–No sé si lo podremos engañar al profesor. Vos estudiás medicina y él ingeniería. ¿Qué materias tienen en común?

–No sé... es lo único que se me ocurre. Espero que don Carlos no vaya a casa, y que mi madre no abra la boca.

Capítulo 3

El vicio cobra a sus víctimas

Todo sigue tranquilo por unos días. Aunque no se ha repuesto del todo, Iván vuelve a su hogar para no comprometer más a sus amigos y promete cumplir todo lo que David le ha indicado.

La mente de Carlos está tan preocupada por su hija, que no advierte el cambio de aspecto de su hijo varón, pero Inés sí se da cuenta. No dice nada hasta que su esposo sale para su trabajo. Entonces va hasta el dormitorio de Iván.

–¿Qué te pasa, hijo, que tenés esa cara de muerto?

–Estuve enfermo unos días –trata de evadir la mirada de su madre–. Por eso me quedé en casa de Gustavo.

–¿No hubiera sido mejor que llamaras a tu padre?

–Papá ya tiene bastante con el accidente de Diana –mientras estaba en el hospital no pudo ir a verla, como hacía todos los días y no sabe en qué estado se encuentra su hermana–. ¿Ha reaccionado?

La madre sacude su cabeza negativamente y se retira creyendo la mentira de su hijo. Iván suspira aliviado y se tira boca abajo en la cama. Los dolores se han calmado bastante, pero todavía siente las consecuencias de su adicción.

Mientras tanto, Carlos en su consultorio, después de mirar radiografías, análisis, etc., se sienta detrás del escritorio. Mira muy seriamente a David y le dice:

–Tu cirrosis ha vuelto a atacar. Ya no sé qué más se puede hacer. Podríamos intentar una nueva operación, pero…

–No, Carlos –interrumpe el joven médico–, ya lo intentamos dos veces y no dio resultado. No quiero volver a pasar por lo mismo. Dejemos que el Señor decida cuándo me quiere llevar.

–Lo único que puedo hacer es darte calmantes más fuertes. Pero sabés mejor que nadie que llegará un momento en que no habrá calmantes que valgan. Además, ya no podemos controlar tu anemia y cada vez será peor, así que vas a sentir vértigos, mareos…

–Y me voy a quedar sin fuerzas. Hasta puedo desmayarme –vuelve a interrumpirlo David–. Decime algo que yo no sepa. Recordá que también soy médico y sé leer mis estudios.

Carlos se levanta pensativo y se va a sentar con una pierna en la parte delantera del escritorio. Mira fijamente a David y le pregunta intrigado:

–¿Cómo llegaste a este punto? Porque la cirrosis que tenés no es de ahora, sino de hace bastante tiempo.

–Es una larga historia. Cuando pueda te la contaré.

–¿Por qué no empezás ahora? Realmente me intriga. Sos tan joven que no me puedo imaginar qué pasó… Por lo general esa enfermedad les da a los bebedores, pero vos…

–Justamente por eso tengo cirrosis, por tomar mucho.

–Pero si desde que te conozco, no probás ni una gota de alcohol.

–Ahora no, pero de niño y adolescente tomé muchísimo.

Carlos se queda en silencio, esperando el relato de su compañero de equipo.

Para conocer la historia de David tenemos que retroceder 30 años en el tiempo. Comenzaremos conociendo la familia de la madre.

En un departamento del partido de La Matanza, en Buenos Aires, vive una familia compuesta por los esposos Samuel e Isolina Barbosa, con sus tres hijos: Jonatán, de 23 años; José, de 21; y Noemí, de 17.

El mayor ya se ha recibido y trabaja en la localidad de La Plata y al segundo sólo le falta rendir la tesis. Los dos tienen proyectado viajar al extranjero ya que les han ofrecido muy buenas oportunidades de trabajo. Noemí está terminando el secundario.

Un día, en el colegio evangélico donde concurre la joven, advierte que sus compañeras están alborotadas. Como no sabe el motivo, se acerca a preguntarles:

–¿Qué pasa que están tan eufóricas?

–¿Viste el "churro" ese que está en el kiosco? ¡Es un Adonis! –exclama Haydée, su compañera, suspirando.

–Tanto alboroto por un muchacho… ¿De qué curso es?

–Noooo… No es del colegio. Vino ayer y anteayer. Tiene tonada norteña.

Intervienen todas sus compañeras y se hace imposible seguir sus conversaciones llenas de suspiros y halagos por el visitante.

–¿No me digas que no lo viste? Vas al kiosco todos los días.

–Les aseguro que no. Voy allí a tomar café y a repasar las

materias. Nunca me fijo en los demás estudiantes –explica Noemí, sin mayor interés.

–Pero ese muchacho es evidente que no es estudiante: Es rubio, de ojos claros y una sonrisa cautivadora. Además, debe tener entre 25 y 30 años.

–¿No les parece que es demasiado grande para cualquiera de nosotras?

–¡Ay, Noemí! ¡Cómo se ve que no lo has visto! Yo, con alguien así, iría a cualquier parte.

–No digas estupideces.

Se dirigen al kiosco estudiantil y comprueban que el joven está sentado en una esquina, como siempre.

Las jóvenes lo saludan y él les responde con la mano y una sonrisa.

Noemí no quiere mirar. Le parece que sus compañeras están haciendo el ridículo, pero como la curiosidad la consume, muy disimuladamente, lo mira a través del espejo que hay detrás del mostrador. Cuando lo divisa piensa que realmente sus compañeras tienen razón, ¡es muy buen mozo! En ese momento, el joven la saluda, a través del espejo y ella se retira colorada de vergüenza.

Esa tarde, toda la conversación femenina gira alrededor del visitante.

Noemí también ha quedado impactada, pero trata de disimular lo más que puede. Su intriga es saber por qué vino a un lugar estudiantil, si no pertenece al colegio. Tampoco es profesor.

De vuelta a su hogar, los pensamientos siguen en la misma dirección. También advierte que su corazón empieza a latir de manera diferente cuando recuerda su sonrisa.

Pasan varios días en que el muchacho no aparece. En todas las alumnas se nota la desilusión. Noemí trata de distraerse en el estudio, pero debe reconocer que cada vez que entra al kiosco, tiene la esperanza de volver a verlo.

Pasa una semana y ya se ha resignado. "Seguramente estaba de paso". Pero, ¡oh sorpresa! Ese día aparece. y muy gentilmente se acerca a la mesa de Noemí y se presenta:

–Soy Fernando. Necesitaría alguna información. ¿Podrías ayudarme?

La joven mira hacia la barra donde están sus compañeras. Es evidente que hablan de Fernando, aunque ellas no saben su nombre. Con mucha desconfianza pregunta:

–¿Qué información necesita?

–Soy abogado –explica el joven– y he venido a Buenos Aires a solucionar un caso. Quiero saber dónde me puedo hospedar… –cuando Noemí lo mira, incrédula, aclara– Ya sé lo que me vas a decir, esa información la puedo obtener por Internet. Pero fui a uno de los hoteles que recomiendan y no me encuentro a gusto. Hay demasiada gente para hacer mi trabajo. Quisiera algo más tranquilo y cerca de aquí.

–Por este barrio hay solamente pensiones para estudiantes. No creo que consiga tranquilidad en ninguno de ellos.

–Pero, ¿no hay ningún hotel o residencial en esta zona?

–Por lo menos que yo sepa, no.

–Está bien. No te molesto más. Te dejo seguir estudiando –saluda ceremoniosamente y se retira.

Cuando Noemí sale del kiosco, las compañeras la acribillan a preguntas:

–¿Qué te dijo? ¿Va a volver? ¿Te invitó a salir? ¿Te dijo su nombre? ¿A qué se dedica?

–¡Esperen, por favor! –grita la joven desaforada–. De una a la vez. No sé si va a volver. Se llama Fernando, es abogado y solamente quería saber si había algún hotel o residencial cerca. Parece que tiene un caso en la capital.

–¿Y qué le dijiste?

–Que no sabía. En esta zona hay solamente pensiones para estudiantes.

–¡Noemí! Le hubieras dicho que lo averiguarías. Con tu respuesta, seguro que no vuelve.

La joven aludida se encoge de hombros, pero muy adentro reconoce que sus compañeras tienen razón. Eso le causa cierta nostalgia.

Pero se equivoca. Al otro día Fernando está en su mesa de siempre, con algunos papeles y su notebook.

Las muchachas, descaradamente, se acercan:

–Usted deseaba saber de algún hotel en la zona. Hemos averiguado y hay uno. No está muy cerca, pero como usted tiene auto, creo que no será problema.

Fernando, muy serio, les pregunta:

–¿Y dónde sería ese hotel?

Todas quieren contestar a la vez. Él les hace señas que se calmen.

–De una a la vez, por favor.

Un poco avergonzadas, se van aquietando y quedan calladas.

–¿Y…? ¿Dónde queda ese hotel? –la pregunta las vuelve a la realidad. Lizy toma la palabra:

–Es el hotel "El caminante", está a seis cuadras de aquí, por la avenida.

Fernando anota la dirección. Les agradece y continúa con su tarea. Muy desilusionadas, las jóvenes se retiran. Hubieran querido seguir hablando, pero es evidente que a él no le interesa.

Salen del lugar con caras largas. Noemí, sentada cerca de allí, se ha mantenido al margen. Está leyendo unos apuntes, cuando siente una voz conocida:

–¿Puedo sentarme?

En el primer momento, la sorpresa no la deja hablar. Cuando se repone le dice:

–Hay muchas mesas vacías. ¿Por qué no elige alguna?

Sin hacer caso a la sugerencia, Fernando retira la silla del lado contrario a la joven.

–Tus compañeras me indicaron un hotel aquí cerca. ¿No lo conocías?

Aunque se encuentra incómoda, no quiere mentir.

–Sí, sabía… pero no creo que sea de su agrado, porque no es "cinco estrellas", ni mucho menos.

–Eso no importa mucho. Lo que quiero es tranquilidad.

Cuando ve que Noemí se ha callado e intenta volver a sus apuntes. Fernando se dispone a retirarse.

–Perdoname. No quería incomodarte.

Ella se siente mal. No puede ser tan descortés.

–No… está bien, puede quedarse.

–Gracias. No tengo muchos amigos aquí en la capital, y quisiera poder hablar con alguien.

–Si es por eso, le aseguro que mis compañeras estarían dispuestas –sonríe. Él le devuelve la sonrisa.

–Sí, ya me di cuenta, pero creo que me metería en un problema. Si elijo una, las demás se disgustarían. Y no quiero tener compromisos, al menos por el momento.

–Me intriga por qué me elige a mí… Hay muchas más lindas y agradables.

–Es que me doy cuenta que sos la única en quién puedo confiar y tener una conversación coherente. No me agradan las chiquilinas –Noemí entiende que se refiere a sus compañeras. Y sabe que tiene razón. Parecían animales queriendo cazar su presa–. Además, creo que no te das el crédito debido. Vos también sos muy linda. Tenés el cabello largo, recogido en esa trenza que despeja tu cara, los ojos color miel, tu rostro que destila simpatía… No usás maquillaje y eso no es común en estos días.

Noemí está muy nerviosa.

–No sé, pero siempre me he sentido el "patito feo" del grupo.

–¡Cómo se ve que no te mirás bien al espejo! No sólo sos bonita, sino también muy simpática.

–¿Cómo sabe eso? Apenas hemos intercambiado algunas palabras.

–Es cierto, pero tenés que reconocer que no te comportás como tus compañeras. Eso dice mucho a tu favor.

Noemí no sabe qué contestar. Nadie la había halagado así. Mira a Fernando como si recién lo descubriera. A él no le pasa desapercibida esa mirada.

–¿Amigos, entonces? –pregunta estirando la mano.

Ella se la toma muy débilmente y el joven la lleva a su boca y desliza un beso. Esto incomoda aún más a Noemí.

–Bueno, no te molesto más, así terminás de estudiar –se va retirando, pero vuelve–. Me olvidé de preguntarte si sabés dónde hay una iglesia evangélica por aquí cerca.

–¿Sos creyente? –el corazón de la joven parece que va a estallar.

–Digamos que simpatizante. He asistido a muchas iglesias, y es la única que me gusta.

–Hay una en la misma avenida del hotel que le han indicado mis compañeras. Ahí asistimos nosotras.

–¿Me podrías indicar dónde queda?

–No sé la dirección, porque siempre mi papá nos lleva en su automóvil.

–Pero me imagino que me podrás guiar. Al menos te acordarás de la fachada.

–¡Oh, sí! Me doy cuenta más o menos dónde queda.

–Perfecto, a la salida te espero para que me indiques.

Noemí trata de protestar, pero ya Fernando se ha retirado a su mesa. ¿Qué hará ahora? Sus padres le aconsejaron que nunca suba al automóvil de un extraño. ¿Pero cómo lo va a llevar hasta la iglesia? Queda bastante desconcertada. "Tengo que pensar algo antes de la hora de salida".

Llega el momento indicado y todavía no ha encontrado un pretexto creíble.

Fernando, al divisarla entre todos los estudiantes, sale a su encuentro y le abre gentilmente la portezuela de su auto cupé descapotable. Ella queda parada, tiesa. Como él se da cuenta lo que pasa, le dice seriamente.

–Si preferís, vamos caminando. O, mejor… vos vas por la vereda y yo te sigo en mi auto. Creo que todavía me tenés desconfianza.

–Es que mis padres no quieren que suba al auto de ningún extraño –explica Noemí confundida.

–Los felicito a tus padres. Es un riesgo muy grande para una joven como vos –estas palabras tranquilizan un poco a la joven–. Ahora, decime ¿de qué manera vamos?

La joven vence sus temores.

–Está bien… creo que lo mejor será que me lleves –deja de tratarlo de usted, y cuando sube al automóvil se escuchan silbidos y suspiros exagerados de sus compañeros, que la incomodan nuevamente. No puede imaginar lo que estarán pensando en ese momento.

Fernando pone en marcha la cupé.

–Vos indicame por dónde tengo que ir.

Noemí lo dirige hasta que llegan a destino. El joven mira hacia uno y otro lado.

–¿Qué mirás…? Algo te incomoda –pregunta Noemí.

–No, sólo quiero reconocer bien el lugar para no perderme. ¿A qué hora es la reunión este domingo?

–A las ocho –Noemí le señala el cartel con los horarios de reuniones.

–Perdoname, no había advertido ese aviso –termina de observar el lugar y pregunta–. ¿Te llevo a tu casa?

Noemí vuelve a ponerse nerviosa y no lo puede disimular.

–Mejor dejame en la parada del colectivo. Si mis padres me ven llegar con un desconocido… –no termina la frase.

–Te van a regañar, y con mucha razón. Entonces decime dónde es la parada del colectivo.

La joven duda un instante.

–Quizás podrías llevarme… Pero tendrías que parar unas cuadras antes.

–Muy bien. No quiero hacer nada que pueda perjudicarte. Indicame por dónde ir.

Noemí lo va dirigiendo. Como el departamento de sus padres es bastante lejos, Fernando trata de iniciar una conversación.

Observa que la joven tiene su cuerpo tensionado, con la mirada fija hacia adelante. Como le contesta con monosílabos, desiste y terminan el recorrido en silencio. Unas cuadras antes, detiene el vehículo y le abre la portezuela.

–Espero que llegues bien. Mañana nos vemos –Noemí asiente, moviendo la cabeza y comienza a caminar apurada. Fernando la observa hasta que la ve desaparecer en un edificio de varios pisos.

El domingo, la familia Barbosa se prepara para ir a la iglesia.

–Apurate Noemí, que se hace tarde –le dice su hermano Jonatán mirando impaciente el reloj.

–Papá ya nos espera en el auto –agrega José.

La joven sale de la habitación vestida con su traje de fiesta. Sus hermanos la miran y le silban.

–Mamita, qué belleza –bromean.

Al salir, a los padres no les pasa desapercibido el arreglo especial de su hija, pero no dicen nada. Cuando llegan a la iglesia, se ubican en un banco desocupado. Noemí trata de disimular como puede, pero busca con la mirada hasta divisar a Fernando que se encuentra en la fila de al lado, más o menos a la misma altura que ella. Intercambian una mirada de complicidad que no pasa inadvertida por sus hermanos.

–Ahí está la causa de tanto arreglo –le dice José a su hermano en voz muy baja.

Al salir, el joven, tema de la conversación de los dos hermanos, se acerca a la familia Barbosa y se presenta.

–Soy Fernando Saldívar. A sus órdenes.

Noemí está tan nerviosa que no sabe qué decir. Jonatán intercambia una sonrisa con su hermano.

–Mucho gusto, joven –saluda Samuel, muy cortés–. ¿De qué iglesia es usted?

–Soy de Salta, señor. No pertenezco a ninguna iglesia, pero la que más me ha gustado es la evangélica, por eso le pedí a Noemí que me indicara alguna.

–¿Dónde conoció a mi hija? –pregunta el padre, muy intrigado.

–En el kiosco del colegio –le explica Noemí mientras se refriega sus manos transpiradas–. Fernando va ahí todos los días a tomar un café.

Advirtiendo el nerviosismo de su hija y para evitar algún disgusto, interviene Isolina, que hasta el momento se mantuvo al margen.

–Bueno, joven, me imagino que nos veremos seguido si viene a las reuniones –y dirigiéndose a su esposo, añade–. Vamos, por favor, Samuel que tengo tareas que terminar.

La familia saluda a Fernando y cuando se van retirando, éste le dice susurrando a Noemí.

–El patito feo ya se convirtió en cisne –ella sonríe por el halago.

Cuando regresan al departamento, Samuel aborda a su hija:

–Sabés que no estamos de acuerdo en que hagas amistades con desconocidos.

–Fernando no es un desconocido, papá –se disculpa enfáticamente la joven.

–Mmmm… No sé… Pero parece que ya se conocen bastante.

Noemí se da cuenta que ha sido descubierta y trata de no darle importancia. Deja la cartera y el saco en una silla y se dirige a la cocina.

–¿Te ayudo, mamá?

Samuel, no muy conforme, se retira. Sus hermanos intercambian una mirada de complicidad.

–Noemí piensa que va a engañar al viejo. Cuando ella va, él ha vuelto ya dos veces –dice Jonatán muy risueño y contagiando a José.

Capítulo 4

El pedido de mano

DESDE ESE DÍA, FERNANDO HA VENCIDO EL RECELO DE Noemí y viene todos los días a buscarla a la salida del colegio. Van a tomar algo, a pasear por el parque o a visitar algún museo. Más o menos a la hora de la llegada del colectivo que antes tomaba la joven, Fernando la lleva y ella se baja unas cuadras antes. No quiere ser regañada nuevamente.

Esto se repite dos semanas. Noemí, cuando sale más temprano, se queda en la vereda esperando a Fernando.

—Mirá la mosquita muerta —comenta una de sus compañeras.

—¡Ay, chicas, no sean mal pensadas! —dice otra compañera imitando la voz de Noemí en tono de burla.

Las demás se ríen y la imitan. Se retiran haciendo comentarios que la joven intuye, es sobre ella, pero ya no le importa. Fernando la eligió a ella y eso la hace inmensamente feliz.

Ese día jueves, cuando llega la cupé dorada, Noemí sale al encuentro.

—Te estuve esperando casi una hora… Hoy tuvimos hora libre.

—Perdoname, no lo sabía. ¿Por qué no me hablaste? Hubiera venido antes.

—No nos permiten traer los celulares al colegio.

–Bueno, ahora te recompensaré. –Fernando le abre la puerta del coche y la lleva al parque.

Cuando llegan, Noemí intenta bajarse, pero el joven la retiene.

–Esperá, quiero decirte algo antes que bajemos a caminar.

La joven se vuelve a sentar, ansiosa.

–¿Qué será? ¿No me digas que tenés que volver a Salta?

–Sí… tengo que volver, pero eso ahora no importa –Fernando la mira intensamente y el corazón de Noemí late furiosamente–. Me imagino que ya te habrás dado cuenta, pero necesito decirte que me he enamorado de vos.

La joven queda descolocada. Nunca había estado en una situación así y no sabe qué contestar.

Él la toma por el mentón y deposita un beso muy suave en sus labios.

–Quiero que me digas si me correspondés –la sigue mirando y la joven parece que se derrite.

–Sí… Creo que también estoy enamorada. Nunca he sentido lo que me pasa con vos. Pero… –Fernando le pregunta con su mirada.

–¿Entonces? –como ella no contesta, agrega–. Si me amás, me gustaría que nos casáramos para que volvamos a mi provincia como matrimonio.

–¿Y en tu casa no te dirán nada?

El joven sonríe ampliamente.

–Tengo 25 años, Noemí, creo que soy lo bastante grandecido como para tomar decisiones solo.

–Oh, sí, por supuesto –se avergüenza de ser tan ingenua.

Como la joven se ha quedado callada, Fernando insiste.

–No me contestaste. ¿Querés casarte conmigo?

–Sí. Sería hermoso ser tu esposa.

Ante esa respuesta, el joven la toma en sus brazos y la cubre de besos. Noemí tiembla como una hoja al viento. De pronto, lo detiene:

–Tendrás que ir a hablar con mis padres. No sé si ellos estarán de acuerdo que me case tan joven.

–¡Por supuesto! Mañana mismo voy a "pedir tu mano" –remarca las últimas palabras.

–No, mejor el sábado. Los viernes papá viene tarde del trabajo.

El joven asiente y le da otro beso.

–Mejor te llevo a tu casa.

Noemí se acurruca al lado de Fernando y él pasa su brazo por el hombro de ella, manejando con una sola mano.

El sábado, cuando Samuel vuelve del trabajo, encuentra a su esposa e hija hablando con Fernando. Con su cortesía de siempre, saluda a Isolina con un beso y hace lo mismo con su hija. Luego estrecha la mano del joven. Se produce un silencio prolongado donde ambos hombres se observan mutuamente. Para salir de esa incómoda situación, Noemí toma del brazo al muchacho y aclara:

–Fernando ha venido a hablar con ustedes porque queremos casarnos.

Samuel mira a su esposa como pidiéndole una explicación, pero ella se encoge de hombros, sin decir una palabra. El padre siente un malestar, sin saber a qué atribuírselo.

–¿Y desde cuándo están saliendo juntos? –pregunta con mucha seriedad.

–Desde hace dos meses, papá.

–¿Y por qué no nos dijiste nada?

–Porque me parecía muy pronto. No me imaginaba que Fernando se quería casar tan rápido.

–¿Y a qué se debe el apuro? –Samuel hace la pregunta, temiendo la respuesta.

Fernando se apresura a corregir:

–No piense nada malo, señor, yo no he tocado a su hija. Se lo aseguro –mira a Noemí para que lo confirme.

–¡Oh, no, papá, no pienses mal…!

–Está bien. Pensé que se habían conocido un poco más de tiempo –y reflexionando un poco, añade–. Perdóneme, joven, pero no puedo dar mi aprobación. Deberán esperar un poco para que lo podamos conocer mejor –aunque disgustado, Samuel no quiere decir nada grosero.

–Muy bien, señor, si así lo dispone usted, esperaremos un poco. Ya se dará cuenta que no tiene nada que temer de mí –y haciendo una reverencia, se retira, reteniendo la mano de Noemí para que lo acompañe a la salida.

Mientras bajan por el ascensor desde el sexto piso, Fernando increpa a su novia, disgustado:

–¿Viste lo que pasó? Hice lo que me pediste y mirá los resultados.

–Bueno, tené paciencia. Seguramente no será mucho lo que tendremos que esperar. Si continuás yendo a la iglesia, pronto van a cambiar de opinión.

–Humm… No sé. Tu padre me miraba con cara de pocos amigos. Además vos sabés que estoy de paso en Bs. As., pronto tendré que regresar a mi provincia y no sé cuándo podré volver.

Noemí se acurruca en sus brazos.

–¡Por favor! No me lo recuerdes. No puedo pensar que no te veré por un tiempo.

Han llegado a la planta baja y Fernando se separa de su novia, dándole un suave beso en la boca. Sube a su auto deportivo y se aleja.

Noemí se queda parada en la vereda, mirando cómo se aleja el auto hasta que desaparece de su vista. Entonces comienza a caminar lentamente hacia el edificio.

En el departamento del sexto piso, los esposos Barbosa han observado todo desde una ventana.

–¿Vos sabías algo, Isolina? –pregunta Samuel, dándose vuelta hacia su esposa.

–Te aseguro que no –se disculpa ella–. Este último tiempo venía tarde del colegio, pero como me decía que se había quedado a estudiar con sus compañeras, no sospeché nada.

–No me gusta ese muchacho. Tiene aire de suficiencia. Parece que se lleva el mundo por delante –medita el esposo y luego agrega–. Además, con sólo saber que no es creyente… ¿Cómo Noemí puede enamorarse de alguien así?

–Tiene 17 años, Samuel –Isolina trata de justificar a su hija, aunque no está muy convencida de lo que dice–. A esa edad, todo parece hermoso. Hablaré con ella para hacerla reflexionar. Siempre fue muy dócil y sé que lo entenderá.

–¡Ojalá tengas razón! Presiento algo malo –luego de este comentario, se dirige a bañarse.

Cuando Noemí entra al departamento está radiante.

–¿Viste qué buen mozo es Fernando, mamá? Si supieras los regalos que me ha hecho. Las cosas que me dice… –pone sus manos cruzadas en el pecho y gira, mirando el cielo raso.

Su madre permanece en silencio, con el seño fruncido.

–Quiero que hablemos de esto. ¿Por qué no me dijiste antes que estabas saliendo con ese muchacho?

–Porque me parecía demasiado pronto, mamá. Pero cuando me pidió que nos casáramos, hice lo correcto, lo traje para que hablara con ustedes.

–Quiero que sepas que ni a Samuel ni a mí nos gusta mucho, especialmente sabiendo que no es del Señor.

–¡Oh, mamá! Pero eso puede cambiar. Ya empezó a ir a la iglesia. Yo sé que muy pronto nos va a dar el gusto de recibir a Cristo como Salvador. Ya verás. Además, Fernando es tan bueno, que cuando lo conozcan bien, sé que van a cambiar de opinión.

Isolina sigue con sus brazos cruzados en el pecho, muy seria.

–Sé de tantas muchachas que empezaron como vos y terminaron llorando amargamente cuando ya era demasiado tarde. No quiero eso para vos, hija –se adelanta y la abraza–. No quiero que te pase nada malo. Reflexiona mientras estás a tiempo, por favor.

–No te preocupes, mamá. Sé que el Señor no permitirá que me pase nada malo.

–Eso es cuando le obedeces, hija. Pero Él nunca aprobó el yugo desigual. Si no te arrepentís a tiempo, vas a tener que lamentar esta decisión el resto de tu vida. Recordá que si Fernando no es hijo de Dios, tendrás como suegro al diablo.

–¡Mamá, por favor! No digas algo tan tétrico.

–Los hijos de Dios, tenemos la protección de nuestro Padre, pero los que no son hijos de Él, Satanás hace de ellos un juguete. Lo mismo te va a pasar a vos si no te arrepentís a tiempo.

A la muchacha no le gusta el curso que ha tomado la conversación, así que se retira.

—Está bien, mamá. Lo voy a pensar. Ahora me voy a estudiar.

Isolina la ve alejarse y se le llenan los ojos de lágrimas: "Señor, por favor, hazla cambiar de opinión. Sé que tú puedes hacerlo" —clama en silencio, temiendo lo que pueda pasarle a su hija.

Cuando Noemí camina hacia su habitación, suena el celular.

—¡Hola, amor! ¿Qué te dijeron tus padres? —se escucha la voz al otro lado.

—No están muy de acuerdo. Pero sé que van a cambiar de opinión.

—No lo creo. Tu padre me miraba con desconfianza. Y a tu mamá tampoco le caí muy bien.

—Eso es ahora. Pero cuando te conozcan bien, todo será distinto.

—Lo que pasa es que yo no tengo tanto tiempo. La semana que viene tengo que volver a mi provincia y no creo que pueda regresar. No te olvides que soy abogado y tengo muchísimos compromisos pendientes.

—Pero nos podemos hablar. Y a lo mejor, mis padres me dejan ir a visitarte. Si me acompaña alguno de mis hermanos, no van a tener problema.

—Eso lo tenemos que hablar. Te espero mañana en el parque, como siempre.

—Está bien, amor, mañana nos vemos —Noemí cuelga el celular y se queda mirando el piso. Hay algo que la incomoda, pero no sabe qué. Quiere mucho a sus padres y hubiera querido que ellos aceptaran a Fernando. Pero ahora... —mueve su cabeza y va hacia su escritorio. Se pone a estudiar para olvidarse de lo que ha pasado esa tarde, pero al poco tiempo se da cuenta que su mente vuelve constantemente hacia lo que le dijo su madre. "Y si ella tuviera razón". Saca ese pensamiento de su mente y vuelve a sus libros. Esta vez trata de concentrarse para no seguir pensando.

CAPÍTULO 5

La decisión

DESDE ESE DÍA, DURANTE CASI UN MES, FERNANDO NO FALTA a ninguna reunión. Hasta que un domingo, cuando el predicador hace la invitación de recibir a Cristo, pasa muy compungido. Noemí no cabe en sí de alegría. Samuel e Isolina se muestran contentos, pero no muy convencidos. Vieron tantos muchachos y chicas que, para conformar a su pareja, hicieron lo mismo, que no pueden estar tranquilos. El joven abogado pronto tendrá que volver a sus ocupaciones y quiere casarse antes de irse. Como es ya casi el tiempo de fin de clases, él aceptó quedarse hasta que Noemí se reciba.

Al poco tiempo se realiza un bautismo y, para alegría de todos, Fernando manifiesta su deseo de obedecer al Señor.

A todo esto, ya han pasado más de tres meses desde su primera visita al departamento y constantemente les lleva a sus futuros suegros toda clase de regalos. Ellos saben que es abogado, pero no entienden cómo dispone de dinero tan lejos de su oficina de trabajo.

–¿Cómo hace para mantenerse, joven? –pregunta un día Samuel, intrigado.

Fernando sonríe.

–Ahora se hacen muchas cosas a través de Internet, don Samuel. Por ese medio se puede trabajar a distancia. Tengo mi secretaria y mis asistentes en Salta que se ocupan de lo demás –y dudando un poco, agrega–. Pero creo que ya no podré quedarme mucho tiempo más porque hay situaciones que las tengo que arreglar personalmente.

Después del bautismo y de la graduación de Noemí, Fernando manifiesta nuevamente su deseo de casarse, pero recibe la misma respuesta. Los esposos Barbosa aducen que todavía Noemí es muy joven.

Sin que se note su contrariedad, el joven saluda al matrimonio y sale con Noemí del brazo, como todos los días. Ya en la vereda, muestra su disgusto.

–¿Hasta cuándo se van a oponer tus padres? ¿No les he dado suficientes muestras de confianza?

–Mi amor, por favor, no te enojes. Ellos quieren lo mejor para mí.

–¿Y acaso yo no?

–Bueno, pero ellos son mis padres.

–Y yo tu futuro marido –le da un beso para tranquilizarla y añade–: Mañana hablaremos más tranquilos.

Noemí asiente y lo saluda con la mano hasta que desaparece.

Al otro día, Fernando viene a buscarla como todas las tardes.

A las pocas cuadras, Noemí se da cuenta que no se dirigen al parque de todos los días.

–¿A dónde vamos? –pregunta intrigada.

–Quiero que conozcas un lugar maravilloso que descubrí hace poco –toma la mano de su novia y la aprieta suavemente–. Cuando lo conozcas, no te vas a arrepentir.

—Espero que no sea muy lejos, porque tardaremos en volver a casa, y no quiero preocupar a mis padres.

Por toda respuesta, Fernando abraza a su novia y, sin perder el control del vehículo que avanza a gran velocidad, la besa en la mejilla.

Noemí cierra sus ojos y se acurruca a su lado. Es tan feliz que todo lo que hace su novio le parece correcto. ¿Acaso no se lo demostró yendo a hablar con sus padres como ella se lo pidió? ¿Recibiendo a Cristo y bautizándose? Ante esos pensamientos pierde toda desconfianza y se deja conducir dócilmente. Ella siente el viento en su cara y le parece estar viviendo un sueño.

Cuando Fernando detiene el vehículo y apaga el motor, Noemí abre sus ojos y descubre que están en un lugar despoblado y solitario.

—¿Esto es lo que querías que conozca? —pregunta, incrédula.

Por toda respuesta, Fernando la abraza y besa apasionadamente.

—Quería que estuviéramos solos, sin miradas indiscretas —sigue con sus besos y caricias. Noemí se siente tan feliz que corresponde a los cariños de su novio, hasta que se da cuenta que las manos del muchacho comienzan a tocar partes de su cuerpo que no son las de siempre.

—No, Fernando —se resiste—, prometiste que no haríamos nada incorrecto hasta que estuviéramos casados.

—Te amo demasiado para esperar tanto —intenta seguir con su deseo, pero Noemí se separa y baja del vehículo— ¿Qué te pasa? ¿Acaso no me amás?

—Sabés que sí, pero no quiero tener relaciones hasta no estar casada.

–Está bien –el tono de Fernando cambia totalmente–. Te llevo a tu casa.

Cuando Noemí sube nuevamente al auto, el joven arranca velozmente y en el trayecto de regreso no dice una sola palabra.

–No te enojes, por favor –suplica Noemí–, comprendé que quiero hacer lo correcto. Cuando estemos casados te prometo que todo será diferente.

Fernando no contesta y sigue mirando el camino. La joven se vuelve a acurrucar a su lado, pero él no corresponde a sus caricias.

Llegan al edificio de departamentos.

–¿No vas a subir a saludar a mis padres?

–No estoy de humor para eso –en el tono del joven se vislumbra su disgusto.

Noemí lo besa sin ser correspondida y baja muy triste del coche. Fernando acelera y se aleja rápidamente.

Cuando ya el vehículo ha desaparecido de su vista, la joven sube lentamente por las escaleras. No usa el ascensor para demorar su entrada al departamento. Ha quedado pensativa ante la actitud de Fernando "¿Por qué reaccionó tan mal?"

Al llegar a su hogar, Isolina bromea.

–¡Uy, qué cara! ¿Te enojaste con tu novio?

Noemí asiente y sigue hasta su dormitorio. No quiere dar más explicaciones. Su madre no lo entendería y lo más posible, la regañaría y no está de humor para soportar más disgustos.

Después de sacarse la bufanda y el pulóver, tira la cartera en una silla y se acuesta boca abajo. Comienza a llorar, sin saber exactamente por qué. Siente que su corazón se encoge en el pecho.

Pasa un buen rato sin que haya cambiado de posición, cuando suena el celular. Al comprobar que es su novio, lo toma ansiosa.

—Mi amor, menos mal que llamaste, estoy muy confundida por lo de esta tarde.

—Perdoname, por favor —la voz de Fernando se oye nuevamente normal—. No veo la hora de que seas mi esposa. Por eso a veces me desespero, te prometo que no volverá a suceder.

Noemí siente un alivio muy grande ante esas palabras.

—Gracias, mi vida. Sabía que lo ibas a entender.

Sigue la conversación como siempre, él le habla con palabras melosas y ella, ya tranquilizada, le corresponde. Después de un largo rato, Noemí cuelga el celular. Vuelve la normalidad y suspira con el teléfono en el pecho y una amplia sonrisa.

Esa misma noche, cuando Samuel vuelve en su auto después de sus tareas habituales, muy cerca de su hogar, se extraña al ver la cupé de Fernando estacionada a mitad de cuadra. Le parece ver a una pareja besándose en la vereda. A Samuel no le cabe duda que es Fernando, y sospechando que la joven pueda ser su hija, da la vuelta manzana y disminuye la velocidad. Cuando va llegando al lugar, alumbra con sus faros hacia la vereda para comprobar que la chica en cuestión no tiene nada que ver con su hija. Viste una minifalda muy provocativa, tiene su cabello teñido de un rubio intenso y una blusa que marca todos sus contornos. Aliviado, sigue su recorrido. Ahora Noemí tendrá que darse cuenta qué clase de muchacho es Fernando. Con esos pensamientos, estaciona el coche en el garaje y sube al ascensor.

Cuando abre la puerta del departamento, su hija e Isolina charlan animadamente, mientras preparan la cena.

–Acabo de ver a tu novio besándose apasionadamente con una chica a tres cuadras de aquí –dice eso como al pasar, mientras se desabrocha su camisa y cuelga el saco en un perchero.

Noemí se detiene en lo que está haciendo.

–Sé que querés desprestigiar a Fernando, papá. Pero estoy segura que te has equivocado. No puede ser él.

–Eso es imposible, porque su cupé dorada es inconfundible.

Noemí no dice nada y vuelve a su tarea de secar los platos, pero es evidente que sus pensamientos están en otro lado. Termina rápidamente lo que está haciendo y corre a su dormitorio. Isolina y Samuel se miran intuyendo lo que está pasando por la mente de su hija.

La joven toma su celular y marca el número que tantas veces ha usado este último tiempo. Del otro lado se escucha la voz de la operadora: "El número al que usted se quiere comunicar se encuentra apagado o fuera del área de cobertura. Intente de nuevo más tarde". Noemí marca varias veces más con el mismo resultado. "¿Qué está haciendo Fernando que no contesta?" Se nota en su rostro la desilusión. "¿Tendrá razón papá? ¿Será realmente mi novio el que estaba con una chica?" Se queda un rato con el celular en la mano y decide bajar aparentando que no ha pasado nada.

En la cena apenas intercambia algunos monosílabos con sus padres. Estos se miran, sonriendo en complicidad, pero no vuelven a mencionar lo sucedido esa noche. Los dos desean que su hija se desilusione de esa relación.

Mientras recogen la mesa y lavan los platos, Isolina aborda nuevamente a Noemí.

–¿Te das cuenta que nosotros tenemos razón en advertirte

de ese muchacho? El Señor quiere que recapacites y que le obedezcas, antes que sea demasiado tarde.

La joven tira el repasador sobre una silla y se retira, mientras Isolina clama a Dios por ella.

Ya en su dormitorio, Noemí intenta nuevamente comunicarse con Fernando con el mismo resultado. Espera dos horas más, tratando de entretenerse con su computadora y cuando vuelve a llamar, escucha del otro lado, la voz de Fernando.

–Por fin, mi amor –la voz de Noemí suena entrecortada–. Hace más de dos horas que te estoy llamando y tenías el celular apagado. ¿Qué estabas haciendo?

–Estaba ocupado –es toda la respuesta del muchacho.

–Papá dice que te vio esta noche con una chica ¿Es cierto? –Noemí hace esa pregunta, temiendo la contestación.

–¿Así que tu padre me vio? Mirá que casualidad –Fernando dice esto con una sonrisa picaresca porque hizo todo a propósito, sabiendo que al estar tan cerca del departamento, era lógico que Samuel lo viera.

–Decime que no es cierto, por favor. Deseo pensar que no eras vos.

–No te puedo mentir. Era yo –se produce un silencio prolongado–. Noemí, ¿estás ahí?

–Sí –contesta la joven llorando–. ¿Por qué hiciste eso, Fernando? No tenés idea el dolor que me causa.

–Mi amor, quise satisfacer mis deseos con vos. Pero como te negaste, no tuve más remedio que buscar a otra chica –como su novia no contesta, agrega–: Pero no le des importancia, es una chica que se dedica a eso, pero yo te amo a vos.

–Yo también, pero no me gusta lo que hiciste.

–¿Te das cuenta que necesito casarme pronto? Tengo 25 años, Noemí, y todas mis hormonas funcionan normalmente.

–¿Pero, no podés esperar un poco?

–Sinceramente, no. Además, no tiene sentido esperar, si de todas maneras nos vamos a casar. –Noemí se encuentra tan confundida que permanece callada. La voz de Fernando corta el silencio–. Mirá, mi amor, yo te amo con locura, pero tendrás que elegir entre complacer a tus padres o a mí.

La joven no esperaba que la pusiera en esa encrucijada.

–Tenés que entender que mis padres tienen razón.

–Te lo voy a hacer muy simple. Necesito volver a Salta. Cerca de medianoche te voy a esperar a la vuelta de la esquina, frente a la rotisería. Si decidís casarte conmigo, vení. Si no, aunque me duela en el alma, entenderé que elegiste quedarte con tus padres. Pero tendrás que olvidarte de mí –Fernando sonríe, sabiendo que este ultimátum le dará resultado. Se da cuenta lo enamorada que está Noemí de él y no duda la decisión que ella tomará.

–Por favor, mi amor… No me pidas eso.

–Es mi última palabra. Y si te decidís a venir conmigo, no traigas nada, yo te compro lo que haga falta en Salta –diciendo esto, el joven cuelga el celular y lo apaga, para que su novia no pueda seguir con sus reproches.

Noemí queda shockeada. Nunca se imaginó encontrarse en esta situación. Está entre la espada y la pared: Si elige quedarse con sus padres, pierde a Fernando para siempre. Y si se queda con su novio… –su mente se niega a pensar en los resultados: No tendrá más el cariño de sus progenitores, sus cuidados, sus consejos. Toma su cabeza con ambas manos– ¡Oh, Señor!, ¿por qué tuvo que suceder esto?

Hace unos meses todo era paz y tranquilidad, pero desde que conoció a Fernando, su corazón empezó a latir de otra manera. ¡Es tan lindo estar enamorada! Sentir ese cosquilleo en el pecho y en el estómago. ¡Ese anhelo de estar para siempre a su lado! ¡Era tanta felicidad! ¿Y ahora...? La disyuntiva que le ha planteado su novio es muy difícil.

Se decide a llamarlo para hacerlo reflexionar y que cambie de opinión, pero el celular sigue apagado.

Escucha que sus padres entran al dormitorio y al rato se produce un silencio, lo que indica que ya se han dormido. Como sus hermanos están en La Plata, no hay nadie más en el departamento. Siente que su corazón late furiosamente. Mira el reloj y comprueba que ya son las 22,30 hs. Tiene que decidirse rápido. "¿Qué hacer?" Ama demasiado a Fernando y le parece que no podría vivir sin él. "Mis padres con el tiempo comprenderán. Y no voy a tener relaciones hasta después de casada. Eso es lo que le agrada al Señor". Trata de consolarse. Pero algo muy dentro de ella le indica que no está haciendo lo correcto. Pasa una hora más y se da cuenta que el tiempo se está acabando. Fernando fue contundente. O se va con él, o lo pierde para siempre. Con sólo pensarlo, se le encoge el corazón.

Por fin se decide. Su novio le ha dicho que no hace falta que lleve nada, pero toma su Biblia, algunas fotos y su "diario íntimo", los coloca en su mochila y sale, tratando de no hacer ruido. Espía para comprobar si el portero está a la vista y sale sigilosamente. Ya en la calle, el aire fresco la relaja un poco. Llega hasta la esquina y no ve el auto de Fernando. "¿Se habrá arrepentido?" Esta pregunta la confunde, pero en cierta manera, la alivia. Ella fue, como él le propuso, pero si no está, quiere decir que decidió irse solo. Cuando gira para volver al departamento, aparece el auto de su novio, deslizándose muy despacio. Baja del vehículo y la abraza efusivamente.

—Mi amor… ¡qué miedo tuve que no vinieras!

Noemí corresponde a su abrazo.

—No creas que no me costó decidirme. Pero no puedo pensar en perderte.

Fernando sonríe con picardía, pero como su rostro está de espalda a Noemí, ella no lo advierte. Sigue besándola un rato y luego, abre la puerta del coche y la invita a sentarse, con una amplia sonrisa.

Noemí obedece como un animalito acorralado. Ya es tarde para arrepentirse. Se acurruca en el cuerpo de su novio, buscando protección. Él la abraza y besa repetidas veces.

—No te vas a arrepentir. Ya verás, tengo una casa en un pueblito a las afueras de Salta donde vamos a poder vivir nuestro amor.

—Primero tenemos que casarnos.

—¡Por supuesto, mi amor! Eso ya lo entendí perfectamente, y ya hablé para que tengan todo listo.

De repente Noemí, recordando algo, pregunta intrigada:

—¿Cómo podremos casarnos sin la firma de mi padre? Recordá que tengo 17 años

—Ya arreglé eso también —aclara Fernando—. Un amigo mío trabaja en el registro civil y te conseguirá un documento donde figure que tenés 19 años.

—¡Pero, eso es un delito! —exclama Noemí asombrada.

—Entonces tendremos que esperar que cumplas 18 años para casarnos.

–No… no… Está bien.

Como Fernando la escucha, no muy convencida, cambia la conversación:

–¿Trajiste tu celular?

–Sí, ¡por supuesto!

–Entonces, dámelo un momento.

–¿A quién querés llamar?

–No voy a llamar a nadie. Sólo quiero bloquearlo para que tus padres no puedan ubicarte.

A Noemí no le gusta mucho la idea, pero reconoce que Fernando tiene razón. Después de bloquearlo, el joven continúa la conversación.

–Cuando lleguemos a Salta, quiero llevarte a las mejores tiendas y boutiques para que elijas tu guardarropa. También ya arreglé dónde podrás comprar tu traje de novia.

–¿Nos casaremos en alguna iglesia? –la esperanza vuelve a Noemí.

–No, mi amor. No podemos casarnos en ninguna iglesia. Vos no aceptarías en una católica, y yo no pertenezco en mi ciudad a ninguna evangélica. Será nada más que casamiento por civil. El traje que te digo no es el tradicional blanco con encajes, y qué se yo cuántas cosas más. Es un trajecito de dos piezas, pero muy lindo. Además, a vos todo te queda hermoso –añade meloso–. Estoy seguro que serás la envidia de todas las mujeres. Y yo, seré el hombre más feliz de la tierra.

Noemí se tranquiliza un poco. Pero su deseo de toda la vida fue casarse de blanco en una iglesia, con la bendición de Dios. Es uno de los costos que tiene que pagar para tener a Fernando, y eso la consuela.

–Mi amor... –Noemí estaba por decir algo y no dice más.

La voz de su novio la vuelve a la realidad.

–Como el viaje es demasiado largo, pararemos en algún hotel para descansar y seguiremos mañana –Noemí lo mira con desconfianza–. En habitaciones separadas, por supuesto.

Fernando ha dicho esto a propósito, para no tener otra discusión. Pero sonríe para sus adentros porque sabe que en Salta, tendrá toda la situación controlada.

Capítulo 6

Al llegar a destino

Al llegar a destino, Fernando se dirige a las afueras de la ciudad para mostrarle a Noemí el lugar donde vivirán.

—Este será nuestro hogar —le dice a su novia, mientras le hace arrumacos.

Noemí se siente feliz, pero algo le preocupa.

—¿Por qué hiciste la casa tan lejos de la ciudad?

—Porque no me gusta el bullicio ni tampoco la gente indiscreta.

A la joven esto no le parece muy buena razón, pero acepta, pensando que de esa manera podrán vivir su amor sin que nadie los interrumpa.

Fernando baja y muy gentilmente le abre la puerta del auto.

—Quiero que descanses un rato. Yo voy a terminar de arreglar lo de nuestro casamiento.

Su novia baja complacida. Realmente está muy cansada después de un viaje tan agotador.

Entran a la vivienda y Fernando la conduce hasta el dormitorio. Noemí queda fascinada ante el lujo que destila toda la habitación. Su novio la mira complacido.

—¿Te gusta, mi amor?

–¡Oh, sí…! Nunca me imaginé vivir en un lugar así –se vuelve hacia él–. Gracias, todo es muy hermoso.

Por toda respuesta, Fernando la abraza y besa apasionadamente. Noemí le corresponde. Le parece estar viviendo un sueño. En unos momentos más, el joven se separa y aclara:

–No quiero seguir, porque no podría parar. Y sé que vos no querés hacerlo hasta después de firmar nuestro matrimonio.

La joven le agradece la gentileza y sale a despedirlo. Lo ve alejarse y, cuando se encuentra en el vehículo, le tira un beso con la mano y vuelve al dormitorio.

Se tira extenuada sobre el colchón del somier y casi al instante se queda dormida con una sonrisa de satisfacción.

Pasan alrededor de dos horas y Fernando la despierta.

–Mi amor… Quiero que vayamos al centro para que elijas tu guardarropa. También tu traje de novia.

Ella, medio somnolienta contesta:

–Voy a lavarme la cara para despejarme un poco –bosteza repetidamente y camina arrastrando los pies. De pronto se vuelve.

–¿Dónde queda el baño?

Fernando sonríe y le indica una puerta al costado. Noemí se extraña.

–¿El baño queda en el mismo dormitorio? ¿Y qué pasará si recibimos a alguien? ¿Tendrá que pasar por acá para ir a higienizarse?

Su novio sigue sonriendo, sentado en la cama.

–No te preocupes, cada dormitorio tiene su baño.

Ella mueve la cabeza extrañada. Parece que Fernando tiene más dinero que lo que creía para hacer una casa así.

Cuando regresa, ya preparada, lo aborda.

–¿Preparaste esta casa para vivir con tu esposa? –Él asiente–. ¿Y cómo sabías que ibas a encontrar con quién casarte?

–Algún día la iba a encontrar, pero menos mal que fue pronto, porque no me gusta vivir en soledad.

Noemí se da cuenta que es una edificación nueva, parece que nadie hubiera vivido antes allí.

No hace más preguntas y se deja conducir dócilmente por su novio, que la toma delicadamente del brazo.

Fernando la lleva a las mejores tiendas de Salta y cada vez son más los paquetes y bolsas que se acumulan en el baúl del auto. Cuando Noemí se da cuenta que se dirigen a otro negocio, lo reprende:

–Basta, mi amor. Ya tengo ropa como para dos años.

–Todavía no elegiste tu traje de novia.

En eso tiene razón, porque hasta ahora todo ha sido ropa sport y otra muy sencilla, como para salir de compras. Fernando la conduce hasta una boutique muy elegante, donde lo reciben con una amplia sonrisa:

–Adelante, señor Saldívar –la empleada se desarma en atenciones–. ¿En qué puedo ayudarlo?

Cuando siente ese nombre, la dueña se acerca:

–Deje, Sandra… Yo misma atenderé al señor.

Fernando le explica lo que desea y comienzan a probarle distintos trajecitos a Noemí, a cual más bonito. El joven se retira, amablemente:

–Te espero en el auto. Es mala suerte ver a la novia con su traje antes del casamiento –comenta sonriendo.

Después que se ha retirado, la dueña de la boutique le dice al oído:

–El señor Saldívar es muy prudente. Venga que le voy a mostrar unas prendas que lo harán desmayar cuando la vea.

Noemí sigue a la dueña dócilmente y ésta empieza a sacar toda clase de lencería, a cual más provocativa. La joven la mira desconfiada:

–Pero esto no tapa nada…

–Y esa es la idea –contesta picarescamente la mujer–. El señor Saldívar me dijo que van a casarse.

Noemí asiente y sigue mirando las prendas, sin elegir ninguna.

–Como la veo indecisa, déjeme ayudarla –se ofrece gentilmente la dueña–. Con éste hará desmayar a su esposo –le dice, mientras le muestra un conjunto de encaje, muy diminuto.

Noemí piensa que nunca se podrá poner algo así, pero la señora se lo envuelve y ella lo recibe, todavía indecisa.

–Ahora vamos hacia ese otro sector para que elija su ropa del civil –la mujer la toma del brazo y la conduce hacia la sección de trajes que, para Noemí, son deslumbrantes. Calcula que deben ser muy caros.

–Está segura que mi novio quiere que elija alguno de estos conjuntos.

–El señor Saldívar es cliente asiduo de esta casa, y nunca se fija en los precios de la ropa que compra.

Noemí mira hacia todos lados y sólo ve ropa de mujer. "¿Para quién comprará esta ropa?" Como la dueña se da cuenta de sus pensamientos, sale al encuentro, bastante nerviosa, dándose cuenta que ha sido indiscreta:

–Su novio tiene muchas mujeres en la familia –explica la dueña, con la intención de tranquilizar a la joven. "¡Qué estúpida soy!", se recrimina íntimamente, "si se entera Fernando me mata… Espero que esta chica no se dé cuenta para quién compra realmente esas prendas". Él le ha advertido que no sea indiscreta. Y no se puede dar el lujo de perder un cliente así.

Cuando advierte que Noemí sigue eligiendo las prendas que le muestra, se tranquiliza. "Menos mal que es tan inocente como me la describió Fernando".

Después de probarse varios trajecitos, Noemí se decide por uno, muy sencillo, pero bonito.

—Veo que tiene muy buen gusto —la dueña se apresura a envolverlo. No quiere que la joven advierta su nerviosismo. La saluda con un beso y una gran sonrisa:

—Que sea muy feliz, señorita, el señor Saldívar tiene muy buen gusto.

Ya en el auto, Fernando, después de besarla, le dice:

—Ahora tenemos que ir por el fotógrafo.

—¿Es el que nos sacará las fotos en nuestra boda?

—Sí, pero ahora vamos a su estudio para que te saque la foto de tu documento.

Noemí lo mira sin entender, a lo que su novio le aclara:

—Acordate que vas a tener un documento falso. Ya está todo listo, menos la foto.

—Se ve que pensaste en todo.

—Es la única manera que todo salga bien.

Hacen el trámite correspondiente y cuando Noemí tiene su nuevo documento en la mano, comenta asombrada:

—¡Es igual al mío! Solamente la fecha de nacimiento es distinta.

Fernando sonríe y se dirige a una peluquería cercana.

—¿A qué venimos aquí?

–Quiero que mi novia luzca preciosa. Aquí te van a peinar y maquillar para la boda.

La joven no se imaginó algo así, pero baja complacida. Su novio tiene razón, es una ocasión muy especial y debe lucir bella.

–Gracias por todo –replica Noemí.

–Yo voy a casa, a dejar los demás paquetes y cambiarme para la ceremonia. Un amigo, que será uno de nuestros testigos, te vendrá a buscar y luego te llevará al civil. Cuando estés lista, me avisás.

–¿Por qué no me esperás en casa?

–Mi amor, es mala suerte ver a la novia antes de la boda –le explica nuevamente, con indulgencia–. Además, quiero que me sorprendas. Con todo lo que compraste, estoy seguro que estarás preciosa –la besa, y al comprobar su indecisión, añade–. Ya le anticipé a Mariana que ibas a venir.

Todo se sucede vertiginosamente. Cuando ya está lista, se mira al espejo y no puede creer la imagen que éste le devuelve. Nunca se imaginó que podría vestirse así. Muy complacida, toma el celular y avisa a su novio que ya está lista. Cuando la ve salir, el amigo de Fernando silba y abre bien los ojos demostrando su asombro. Ella sonríe halagada.

La ceremonia transcurre normalmente, pero a Noemí le extraña que no haya ningún pariente de su novio.

–¿Por qué no vino alguien de tu familia? –le pregunta en voz muy baja.

–Mis padres murieron y mi hermana no sé dónde está –explica a su vez Fernando, en el mismo tono.

"¡Qué raro!" –piensa Noemí–. "La dueña de la boutique me dijo que tenía muchos parientes".

Cuando salen ya casados, los recibe una lluvia de arroz de parte de los amigos del novio que los estaban esperando. De allí se dirigen a un restaurante muy elegante, donde les sirven platos de comidas muy bien preparadas y adornadas. Todos sonríen a Noemí y ella se siente la reina del lugar. Al rato, la joven ya no se encuentra tan cómoda porque comprueba que todos están bebiendo demasiado y comienzan a tener conversaciones obscenas.

–Por favor, mi amor. Vámonos ya –le ruega a su novio.

Éste se levanta y anuncia:

–Bueno, amigos, me tengo que retirar porque mi novia está muy ansiosa.

Todos contestan con una risotada y a Noemí le suben todos los colores a la cara. Nunca esperaba que su novio dijera eso. Sale del brazo de Fernando, avergonzada, sin mirar a nadie.

Ya en su nuevo hogar, Fernando, sentado en la cama y apoyado en ambos brazos, le dice con picardía:

–Si te da vergüenza cambiarte delante mío, andá al baño y ponete ese conjuntito que te vendió madame. Seguramente te quedará precioso –le guiña un ojo–. Pero apurate que no veo la hora de tenerte en mis brazos.

Noemí toma la bolsita con la prenda correspondiente y se pierde en el baño. Cuando ya se ha cambiado, se mira al espejo y se ruboriza con sólo pensar que tendrá que salir así. Instintivamente, toma una toalla y trata de taparse lo más que puede. Cuando sale, ya Fernando se encuentra sin ropa, acostado.

–Por favor, amor, dejame verte, ya sos mi esposa –estira su brazo, la lleva hasta él y la besa apasionadamente. Ya no hay nada que se interponga y lo detenga.

CAPÍTULO 7

La primera decepción

NOEMÍ SE ENCUENTRA ACOSTADA, MUY TAPADA Y CON LÁGRImas en los ojos. Mira a Fernando a su lado que duerme plácidamente. "Siempre pensé que la primera noche iba a ser maravillosa", suspira mientras vienen a su mente las caricias, que al principio fueron delicadas, pero luego parecían las garras de un animal. Las palabras que eran dulces se transformaron en groserías. ¡Fue tan distinto a lo que ella soñó! Y ahora, en vez de dormir abrazándola, se ha dado vuelta y se ha olvidado completamente de ella.

La joven esposa llora en silencio su desilusión. "¡Cuánta razón tenía mamá cuando me decía que no siempre lo que brilla es oro!" Pero, ¿qué puede hacer ahora…? Tratará de complacerlo. "A lo mejor, con el tiempo, todo cambie", suspira resignada.

A la mañana siguiente, Fernando se baña y viste, ignorándola completamente.

–¿Dónde vas tan temprano? –pregunta Noemí desconcertada–. Pensé que te quedarías conmigo.

–Tengo que ir a trabajar. ¿Creés que el dinero que mantiene todo esto viene del cielo? –El esposo dice esto mientras anuda su corbata. Dándose cuenta que ella está desilusionada, agrega en tono más suave–. Trataré de desocuparme rápido para venir a casa temprano.

–Por favor –suplica ella.

Se llega hasta la cama y la besa.

–Quedate descansando hasta la hora que quieras. Yo traeré comida de la rotisería para que no tengas que cocinar –pasa un dedo por el contorno de la nariz de su esposa y la vuelve a besar antes de salir.

Noemí se levanta y después de higienizarse, se dedica a conocer la vivienda. Es todo lujoso y confortable, le llama la atención que en todas las habitaciones haya pantallas gigantes. Piensa: "Se nota que le gusta ver televisión", sigue recorriendo el lugar, pero no sabe por qué, tiene la sensación de estar en una cárcel. Va hasta la puerta de entrada. Quiere salir a tomar un poco de aire fresco, pero encuentra la puerta cerrada. Intenta abrirla varias veces, sin ningún resultado. "No me dejó llave de la puerta", reflexiona. No sabe en qué entretenerse. Se tira desconsolada en la cama y toma el control del televisor de 20 pulgadas que está colgado a los pies. Hace zaping varias veces hasta que encuentra un programa de entretenimientos. Las horas se le hacen eternas.

Cuando escucha el motor del auto de su esposo corre a la puerta.

–Mi amor… –lo saluda con un beso y cruza sus manos en la nuca de Fernando–. No me dejaste llave de la puerta.

–¿A dónde querías ir? –pregunta el joven, en tono disgustado.

–A ningún lado. Solamente quería ver y disfrutar el jardín y los alrededores.

–El jardín lo podés ver desde cualquier ventana –se suelta de los brazos de Noemí y deposita una bandeja en la mesa, desabrocha su corbata y antes de desaparecer en el dormitorio dice:– Traje comida de la rotisería como te prometí.

La joven esposa, en silencio, acomoda la mesa para el almuerzo. Tiene la sensación que se ha casado con otro hombre. Ya no es el Fernando cariñoso, que le decía cosas lindas, que le hacía regalos y que la complacía en todo. Ahora lo siente distante, disgustado, aunque no sabe el motivo. Quizás sea su juventud, o poca experiencia. Se le nublan los ojos y se los limpia con una servilleta de papel para que su esposo no se dé cuenta.

Almuerzan intercambiando apenas algunos monosílabos.

–Traje helado de postre –Fernando sonríe con intención de animarla. Mientras están saboreando el helado, él comienza con sus caricias delatadoras.

–Por favor, mi amor… No estamos en la cama –Noemí trata de soltarse.

–¿Y eso que tiene que ver? Estamos en casa… solos… ¡Y ya sos mi esposa! –sienta con resolución a su esposa en su falda y ella ya no lo puede detener.

Pasan tres meses sin que nada cambie. Al contrario, cada vez Fernando es más grosero. Noemí se encuentra tan desorientada que lo único que la consuela un poco es llorar.

Una tarde, se anima, y marca el número de sus padres en el celular. Hasta ahora no lo había hecho por su sentido de culpa, pero en esos momentos los necesita más que nunca. Intenta varias veces, pero no lo consigue. Se pregunta, "¿Habrán cambiado de número?" Luego recuerda que Fernando le bloqueó sus números. Deja el teléfono en la mesa de noche y enciende el televisor que ha sido su única compañía este último tiempo.

Cuando vuelve Fernando, ella le cuenta:

—Intenté hablar con mis padres. No me acordaba que habías bloqueado sus números.

Su esposo gira y la mira disgustado.

—¿Y qué le ibas a decir, si se puede saber?

—No sé… quizá nada, pero quería escuchar sus voces.

Fernando deja su portafolio en un sillón y mientras se quita la corbata, dice:

—Yo no te lo quería decir… pero dada las circunstancias, es mejor que lo sepas —hace una pausa. Noemí lo mira ansiosa—. Tu padre falleció un poco después que nos vinimos.

La joven se tapa la boca con ambas manos, su rostro se pone muy serio.

—No me mientas, por favor —suplica.

—No te estoy mintiendo. Hice averiguaciones con gente de mi confianza y esas son las noticias que trajeron. Tus hermanos están en el exterior y de tu madre nadie sabe nada. Después de la muerte de tu papá vendió la propiedad y, según los vecinos, se cambió a otra casa. Parece que no soportaba más vivir en ese departamento por los recuerdos.

Noemí tiene una reacción insólita. Llorando, comienza a golpear con sus puños el pecho de su esposo. Éste la detiene, tomándola fuertemente con ambas manos, pero ella no se tranquiliza. La noticia la ha desequilibrado. No puede creer lo que le dice Fernando. De a poco se afloja y cae al suelo, desmayada. El joven esposo, asustado, la levanta y la lleva hasta el dormitorio. Busca algún perfume para hacerla reaccionar. Cuando ya está por llamar un médico, escucha el balbuceo de Noemí.

–¿Qué… me… pasó?

–Te desmayaste. Estabas blanca como papel. Me diste un buen susto –deja de hablar un momento y le acerca el perfume nuevamente–. Ya te están apareciendo colores en la cara…

Ella apenas sonríe:

–Creí que me habías dicho… que murió papá…

Fernando advierte que está delirando. No cree conveniente afirmar la noticia en ese momento y le acaricia la cara, acomodándole el cabello hacia atrás.

–Te daré un sedante para que puedas dormir –va hasta el botiquín del baño y le trae unas pastillas con un vaso de agua. Noemí las toma y cierra sus ojos. Pasa un rato y el joven esposo advierte que ella duerme tranquila. "Pensé que me iba a dar menos trabajo", murmura entre dientes.

Ocho horas más tarde, la joven despierta, atontada. Cuando quiere levantarse, siente un peso en la cintura. Se da vuelta y ve a su esposo, dormido, que la está abrazando. Es la primera vez que lo hace desde que se casaron. Sonríe con tristeza: "Este gesto me hubiera encantado hace algunos meses. Pero ahora, me da lo mismo…" Se encoge de hombros y muy despacio, para no despertarlo, le retira el brazo y se levanta.

Tropieza varias veces dirigiéndose al baño. Se moja la cara, tratando de volver a la realidad. Afirma sus manos en el lavabo y de a poco va tomando conciencia de lo sucedido. Recuerda lo que le dijo Fernando y su cuerpo se convulsiona por el llanto. "Papá… papito, yo soy la culpable. Estabas enfermo del corazón, pero nunca creí que fuera tanto…" –se moja nuevamente la cara–. "Mamá, ¿dónde estás? Te necesito como nunca…" –sigue llorando, sabiendo que sus preguntas no tendrán respuesta.

¿Qué hará ahora? Su última esperanza era que sus padres vinieran a buscarla. Ella sabía que comprenderían… Pero ya no es posible.

Vuelve al dormitorio, arrastrando los pies y mira hacia afuera. Todas las ventanas tienen rejas. La puerta tiene pasador del lado de afuera. Al principio ella creyó lo que su esposo le decía que era para protegerla porque deambulaban muchos ladrones, pero ya no se engaña: Está prisionera. Su casa es una cárcel. Ella no puede salir.

Fernando despierta y sin abrir los ojos, tantea el costado de la cama. Cuando comprueba que no hay nadie, abre los ojos y se sienta asustado. Al pararse y darse vuelta, ve a Noemí mirando por la ventana, bañada en lágrimas. Se acerca y le frota los brazos, atrayéndola a su pecho. La joven se apoya y su cuerpo se convulsiona por el llanto. Su esposo se da cuenta que ha tomado conciencia de lo sucedido y trata de consolarla, pero no lo consigue. Después de un rato, pierde la paciencia.

–¿Hubieras preferido que no te lo dijera? ¿Qué siguieras engañada? Yo sabía que en algún momento te ibas a querer comunicar con ellos. Tenía la esperanza que te dieras cuenta sola. Pero vos misma me obligaste a que te lo contara –la joven no responde y se tira boca abajo en la cama–. Ahora ya no hay remedio. Tendrás que resignarte.

Fernando vuelve a su tono agrio que tanto lastima a su esposa, pero evidentemente, a él no le importa. Permanece un rato, mirándola llorar tapada con la almohada y sale, dando un portazo.

En los dos meses siguientes nada cambia. Ahora Noemí es una autómata. No habla. No llora. No ríe. Parece muerta en vida. Todas sus esperanzas se esfumaron. Ya nada tiene sentido para ella.

Ese día, Fernando llega más alegre.

–Esto te hará cambiar de humor –le muestra un DVD que ella ya conoce–. Vamos al dormitorio que te muestro…

Noemí lo sigue como un perrito a su dueño. No le quedan fuerzas para luchar.

Una vez allí, el esposo saca de la caja el aparato que coloca en la parte de abajo del televisor. Pone adentro un pequeño disco y lo conecta.

–Vení, mi amor –vuelve a llamarla con dulzura. La joven no se resiste y se deja desvestir. Fernando hace lo propio y antes de comenzar a besarla, enciende la pantalla.

–Ahora vamos a disfrutar como nunca, ya verás.

Noemí permanece acostada, sin mirar. Su esposo la sienta y le dirige la cara hacia las escenas que aparecen. Ella las mira y esconde su cara.

–No digas que eso no te gusta –Noemí se ha vuelto a acostar, lo que disgusta aún más a su esposo–, no me digas que no sirve para excitarte. A mi hermana le encantaba. Gozábamos de lo lindo.

La joven cree no haber entendido bien.

–¿Tu hermana, dijiste? –se apoya en el codo para levantarse un poco–. ¿Lo hacías con ella?

–¡Por supuesto! ¡Y era fantástico!

La joven se tira nuevamente en la cama.

–Sos un monstruo. ¿Cómo pudiste hacerle eso?

–Te equivocás, querida –le dice Fernando con sarcasmo–. Ella me inició. Era cuatro años mayor que yo. Y te aseguro que tenía muchísima experiencia. Después se fue con su pareja a Brasil y tienen un buen grupo de chicas y muchachos trabajando para ellos.

Noemí no quiere escuchar más y trata de taparse. Su esposo pierde la paciencia y tirando las sábanas, la levanta y le pega una trompada que la derriba al suelo. Allí le da varias patadas, la vuelve a levantar y le pega sin misericordia. Ella no se defiende y cae, cubierta en sangre. Al verla en ese estado, Fernando la levanta y deposita en la cama. Marca un número en su teléfono y llama.

–¡Por favor, Demetrio, vení a casa! –se hace un silencio y añade–. Después te explico…

Toma la muñeca de su esposa y siente cierto alivio al comprobar sus latidos. Son muy débiles, pero al menos no está muerta.

Pasan 10 minutos y golpean la puerta.

–Vine lo más rápido que pude –se disculpa el médico al entrar–. ¿Dónde está?

Fernando lo dirige al dormitorio. Una sola mirada le basta al facultativo para evaluar la situación.

–Me parece que esta vez se te fue la mano –comenta mientras busca el estetoscopio en el portafolio. Revisa detenidamente a Noemí y, al comprobar que sangra mucho de su vagina, mira a su amigo–. ¿Qué le hiciste?

–Si te referís a sexo, nada.

–Aquí hay algo raro, entonces… –Vuelve a revisar a la joven. Saca un frasco de suero y se lo inyecta, a la vez que le pone algunas inyecciones en el catéter–. Mantené el sachet en alto que voy a buscar dónde colgarlo.

–Ese perchero te puede servir –Fernando está tan asustado que el frasco tiembla en su mano.

Después de acomodar el suero, el médico ordena:

–Buscá alguna toalla para ver si podemos parar la hemorragia.

Al momento el esposo cumple el pedido y se dedica a observar al médico.

–¿Qué le pasó? –se anima a preguntar.

Su amigo lo mira y mueve la cabeza.

–Tu esposa ha perdido un bebé. Tus golpes lo provocaron. Espero que no haya que hacerle un legrado.

–¿Quiere decir que estaba embarazada? –Fernando no sale de su asombro–. ¿Pero cómo no me lo dijo?

–Lo más posible es que ni ella lo supiera. Es algo muy reciente.

El médico se queda un rato más y cuando comprueba que la hemorragia ha cedido, se marcha con las recomendaciones pertinentes.

–Si vuelve a sangrar mucho, me avisás. Rogá que no suceda, porque entonces la tendremos que trasladar al hospital.

Fernando asiente y saca una importante cantidad de dinero que el médico recibe sin disimular su complicidad.

–Otra vez, tené más cuidado.

Cuando vuelve al dormitorio, Noemí se está quejando.

–¿Por qué me duele tanto debajo del vientre? –se frota el lugar con las manos. Su esposo duda en decirle la verdad–. ¿Por qué tengo suero? ¿Vino un médico o una enfermera?

Fernando se sienta y la acaricia.

–Vino un médico amigo. Te puso suero y algunos antibióticos, ahora lo importante es detener la hemorragia.

–¿Hemorragia? –Noemí intenta enderezarse, pero desiste. No hay parte de su cuerpo que no le duela.

–No te muevas, mi am… –el joven esposo se detiene. No puede llamarla así en este momento, después de lo que ha hecho–. Has perdido un bebé.

–¡¿Qué?!

–Demetrio dijo que estabas embarazada de dos meses, más o menos. ¿Por qué no me lo dijiste?

–No lo sabía. –La joven gira la cabeza hacia el costado contrario de su esposo y llora su desilusión. "Un bebé… ¡Qué lindo, hubiera sido una compañía!"

Fernando le frota la espalda y ella se queja:

–No me toques, por favor, me duele todo el cuerpo.

Saca la mano sintiéndose culpable.

–¿Necesitás algo?

Noemí niega con la cabeza y él se retira para que descanse.

CAPÍTULO 8

Un tiempo de paz

DESDE ESE DÍA FERNANDO SUAVIZA EL TRATO CON SU esposa. Vuelve a ser el hombre amable y generoso. Noemí no se ilusiona demasiado. Ya conoce la otra "cara de la moneda". No le ha vuelto a pegar y tampoco la obliga a hacer nada indebido. Pero permanece la puerta cerrada y las rejas en las ventanas. Ella ya se ha resignado al encierro. Se entretiene acomodando la casa, cosiendo o tejiendo. No sabe mucho, pero se las arregla. Todo lo que le pide a su esposo, se lo trae sin protestar. Quiere complacerla. ¡Ojalá siga así, al menos es más llevadera su soledad! Han pasado siete meses. Cuando piensa que podría estar acunando un bebé, no puede impedir que sus ojos se nublen. ¡Sería tan lindo! ¿Habrá sido nena o varón? Se encoge de hombros. "Da igual, no lo tengo conmigo", piensa.

Hace varios días que no se siente muy bien. Se acuesta a descansar. Fernando llega y le pregunta extrañado.

—¿Vos en cama a esta hora?

—No sé qué me pasa… Tengo náuseas, ganas de vomitar, todo me da asco. ¡Debo estar mal del hígado! Pero no sé qué me habrá caído tan mal.

El joven esposo le acaricia la frente. Sin decirle nada, marca un número en el celular.

—Demetrio, ¿podés venir? —no se escucha la voz del otro lado. Se hace una pausa, mira de reojo a Noemí y luego agrega—. No te preocupes, esta vez no es nada malo. Al contrario, creo que son buenas noticias.

Apaga el teléfono y sigue mimando a su esposa.

Un rato después llega el facultativo y Fernando lo hace pasar al dormitorio.

—No se siente bien —señala a la joven y guiñándole un ojo, acota—. Tiene mareos, náuseas, vómitos…

El médico sonríe. Saca los instrumentos de su portafolio y revisa detenidamente a Noemí. Se saca el estetoscopio y aclara:

—Creo no equivocarme, tiene otro embarazo. Calculo que de tres meses, más o menos. Para saber mejor, le voy a mandar hacer unos análisis —mira a Fernando—. ¿Mando el bioquímico aquí… o la llevás al hospital?

—No… no —contesta inmediatamente el esposo—. Que venga aquí.

Noemí ha escuchado la conversación como si ella no existiera.

—¿Quiere decir, doctor, que estoy esperando un bebé? —casi no puede creerlo.

—Sí, señora. Y tiene que cuidarse mucho, porque ya perdió… —se detiene, al darse cuenta que está por cometer una indiscreción. Guarda los instrumentos en el portafolio y se retira, apurado.

Después que se va el facultativo, Fernando vuelve al lado de su esposa.

–Mi amor, vamos a tener un hijo. ¡Qué hermoso…! –pasa un brazo por el cuello de la joven y la besa repetidas veces. Noemí cree estar soñando. No sólo tendrá un bebé, sino que ahora su esposo vuelve a ser el de antes. El que ella tanto extrañaba. "Era eso lo que le faltaba" –piensa aliviada.

Los meses van pasando. Cada día Fernando trae más juguetes que adornan la habitación que ha preparado para la llegada de su bebé. Ya saben el sexo, así que toda la pieza está vestida de rosa. Noemí, con su vientre cada vez más abultado, se siente feliz del cambio de su esposo y mira maravillada cómo va quedando el dormitorio de su beba. Siente todavía un poco de desconfianza porque hasta el ecógrafo vino a su casa en vez de llevarla a la clínica o al hospital, pero quiere convencerse que su esposo lo hace para su comodidad, como él le repite. El encierro sigue igual. ¿Qué pasará cuando venga su hijita?

El día esperado llega. Fernando, nervioso, avisa a su médico amigo y al poco tiempo llega con enfermera y ayudantes.

–¿La voy a tener aquí? –Noemí está asustadísima–. ¿Y si algo se complica?

–No se preocupe, señora –trata de tranquilizarla Demetrio ante la cara de susto que ve en la joven–. Traigo todo lo necesario, hasta puedo practicarle una cesárea, pero no será necesaria, porque todo se presenta magnífico.

Noemí ya no puede hablar ante las contracciones y dolores. Empieza a transpirar. La enfermera le alcanza un pañuelo para que muerda.

Después de casi tres horas, y con mucho sufrimiento, se escucha el llanto de la recién nacida. Como lo pronosticaron, es una nena. Todos respiran aliviados. Especialmente Fernando, que después que la enfermera la limpia y viste, se la entrega sonriente. El joven la mira embelezado y se sienta para mostrársela a Noemí.

–Mirá, amor… ¡Victoria es hermosa! Valió la pena el sufrimiento.

La joven madre toma a su hija entre los brazos. Le parece increíble ser mamá.

–¡Qué chiquita!

El médico aclara:

–Debe pesar 3 kg. más o menos. Pero espere que empiece a mamar y ya va a ver cómo se va a poner rechoncha en unos meses más.

Todos sonríen y, guardando los instrumentos, se retiran.

–Demetrio dice que la pongas a mamar ni bien se despierte.

–¿Tan pronto? ¡Recién nace!

–Eso es lo que indicó –Fernando le retira la beba de los brazos–. Ahora, descansá un poco. Yo la cuido. Cuando se despierte, te aviso.

Noemí sonríe pero está bastante dolorida después de todo el trabajo y los dolores del parto. Necesita descansar.

Victoria crece rápidamente. Es rubia, como su papá, pero con cara de ángel como Noemí. Han pasado seis meses y cada día luce más linda, con rollitos por todos lados. Mientras juega y balbucea en el corralito, sus padres la miran abrazados y sonrientes. Cuando los ve, Viky estira sus bracitos para que la alcen.

–Es hora de cambiarte –dice Noemí, levantándola. La lleva al cambiador, al otro lado del dormitorio y la desviste. Fernando se acerca y comienza a acariciarla.

–La próxima vez lo voy a hacer yo –comenta mientras le hace cosquillas en la pancita y Viky ríe, contagiando a su madre.

–¿Sabrás ponerle los pañales?

–No creo que sea tanta ciencia –el joven sigue acariciando su beba. Cuando está lista, la alza y se la entrega a Noemí–. Lo que viene ahora, yo no lo puedo hacer…

La joven madre sonríe y toma a su hijita, mientras saca su pecho para darle de mamar.

Al otro día, cuando llega Fernando, Viky está dormida.

–¿Hace mucho que se durmió?

–Sí, pero ya se va a despertar porque es la hora de su comida.

–Esta vez la cambio yo.

–Ya sé… Ayer me lo dijiste.

Como era de esperar, al ratito Victoria se despierta llorando.

–Escuchala, parece que no come desde ayer y sólo pasaron tres horas –Noemí empuja suavemente a su esposo para que vaya a levantarla–. Cambiala mientras yo preparo la cena.

Fernando obedece, pero demora mucho más de lo acostumbrado. Su esposa sonríe: "Le falta experiencia", piensa comprensiva, mientras pone unas papas a hervir.

Al rato, aparece el padre y le entrega la hijita.

–Dale de comer. Yo voy a terminar unos papeles que dejé pendientes.

Noemí se extraña del cambio de humor de su cónyuge y amamanta pensativa a su hijita.

La beba juega una hora, más o menos y se vuelve a dormir. Cuando se despierta, Fernando no ha llegado todavía. La joven madre levanta a su beba y la lleva al cambiador. Cuando quiere retirarle los pañales, Viky llora.

–¿Qué te puso papá que tenés tan pegado? –muy despacio trata de retirar su pañal y ante un olor extraño, acerca su nariz a la piel de la criatura. Cuando se da cuenta lo que tiene adherido a los pañales, casi se desmaya– es semen.

Inmediatamente le abre las piernitas. Comprueba que no está lastimada. Tiembla mientras la lleva a la bañera y refriega su pielcita. "¿Qué habrá hecho este hombre?" No puede creer que alguien pueda dañar a un ser tan indefenso. "¡Dios mío! ¿Qué hará después de esto?"

Se da cuenta que las caricias que le daba Fernando, cada vez que desvestía a su hijita, no eran caricias de padre, sino lascivas. En aquellos momentos ella no quería pensar nada malo, pero ahora se da cuenta a qué se debía su apresurada retirada. Sigue lavando a Victoria, sin evitar soltar el llanto. "No podía ser tanta tranquilidad…"

Cuando llega su esposo, lo increpa:

–¿Qué le hiciste a Viky? Tenía los pañales pegados a la piel.

Fernando no contesta y sigue hacia la cocina.

–¿Qué preparaste de cenar? –pregunta, como si nada hubiera ocurrido. Ante la insistencia y llanto de su esposa, le grita–. Es también mi hija. Tengo derecho.

–Pero no a algo así.

El joven, ofuscado por la ira, la golpea varias veces, mientras sigue gritando.

–No la he lastimado –cuando ve a su esposa en el suelo, sangrando, suaviza un poco la voz–. No quiero que intervengas en esto. Mientras te mantengas al margen, no le haré daño.

Noemí lo mira, desconociéndolo. Trata de incorporarse, sosteniéndose el mentón golpeado. De la comisura de los labios brota un hilo de sangre. Fernando se acerca y la sienta. Sin decir nada más, se dirige al baño. Al rato vuelve, calmado, pero sin mirarla a los ojos.

—Servime la comida que estoy cansado.

La joven obedece, rengueando un poco. No sabe qué pasará a partir de ese día. Fernando vuelve a ser el de antes. El tiempo de calma llegó a su fin.

CAPÍTULO 9

Fernando demuestra su inclinación

HAN PASADO CUATRO AÑOS Y LA SITUACIÓN NO HA CAMbiado. Noemí tuvo otro bebé y esta vez es un varoncito que le han puesto por nombre David. Ella está tan herida que ya no le duele nada. Nada la sorprende y nada tiene sentido para ella. Son tantos los golpes que ha recibido que ya es una rutina. Fernando se encierra todos los días con Victoria y ella trata de disimular lo que hace cuando la niña le cuenta lo sucedido.

Hasta ahora es sólo un juego para ella. Su papá todos los días le trae un regalo diferente que colecciona en su dormitorio. En su inocencia, Viky es feliz. A Noemí ya no le quedan lágrimas para llorar y cada vez que interviene, recibe una golpiza. No quiere pensar y se dedica por entero a cuidar a su nuevo bebé. No sabe hasta cuándo lo tendrá para ella, así que aprovecha todos los momentos para acariciarlo y mimarlo.

David crece rápidamente. Aprende a caminar y se trepa a todo lugar que pueda. Es un niño alegre y vivaz. Cuando Viky cumple seis años, Fernando le trae una maestra para que le enseñe. Él mismo la lleva al colegio para que rinda, de esta manera mantiene su familia aislada del mundo exterior. En la puerta tiene apostado un guardia que no deja entrar ni salir a nadie sin orden del patrón.

Noemí trata de entretenerse limpiando y ordenando, aunque con mucha dificultad por los dolores, no sólo producidos por los golpes que recibe, sino porque tiene quebrados algunos huesos que se han soldado mal. Ya su cuerpo no es para nada aquel de la muchacha estudiante que reía y practicaba deportes en el colegio. Ha envejecido prematuramente.

Viky la sigue a todos lados, hablando continuamente. Le cuenta lo que su papá le trae de regalo todos los días.

—Ahora me pide cosas que no entiendo —al escuchar esto, Noemí se detiene en lo que está haciendo. La alza y la lleva hasta un sillón.

—¿Qué dijiste recién? —le pregunta, temblando.

La niña la mira asustada.

—Vos no te vas a enojar como papá, ¿verdad?

La madre la abraza muy fuerte.

—No, mi amor, sólo quiero que le cuentes a mamá qué hacés con papá cuando te lleva al dormitorio.

—Me pide que le acaricie sus partes privadas, como vos me enseñaste que diga —Viky juega con su muñeca—. Primero prende la computadora y pone una película donde salen hombres y mujeres desnudas. Después me pone de espaldas a la pantalla y me saca la ropa. Me acaricia y me dice que me quiere mucho. A mí me gusta que me diga así. Después hace cosas que no entiendo. Pero cuando empieza a respirar como si hubiera corrido mucho, sus caricias me hacen doler. Yo no digo nada porque una vez me quejé y me dio una cachetada que me dolió mucho. Al rato se tranquiliza y me baña, me pide que me lave los dientes, él también se lava y luego me da un chupetín y trae el regalo que le pedí –Viky se da vuelta hacia su madre–. ¿Viste que bueno es papá?

Noemí está horrorizada, pero no quiere explicarle a su hija lo que realmente le hace su padre:

–Sí, mi amor… pero tratá de no hacerlo más.

–No puedo, mamá, porque cuando le digo que no, me pega cachetadas que me duelen mucho.

La joven abraza a su hija tratando de protegerla, aunque sabe que es inútil. "¿Qué seguirá después de esto?"

Cuando Fernando vuelve, Noemí lo enfrenta decidida:

–No quiero que le hagas nada más a nuestra hija. Voy a hacer todo lo que me pidas con tal que la dejes tranquila.

Fernando sonríe:

–¿No vas a protestar ni quejarte?

–Te prometo que no.

–Perfecto… Esta noche misma empezamos. Espero que no te arrepientas. Tampoco quiero que pongas cara de sufrimiento, sino de placer.

Noemí afirma sin palabras y su esposo sale contento. No quiere imaginarse lo que le espera, pero hará cualquier cosa para proteger a sus hijos.

Esa noche llega, con varios hombres más y una filmadora. Viky y David miran sorprendidos. Noemí les indica que se encierren en sus dormitorios. No quiere que escuchen nada de lo que digan esos hombres, que, seguramente, son tan degenerados como su esposo.

Los niños obedecen y ella les cierra la puerta con llave.

Es imposible describir lo que sucede en ese dormitorio. No sólo por lo que hacen con Noemí, sino por las groserías que dicen, riéndose.

Cuando se retiran, a las risotadas, la joven se baña. Casi no puede sostenerse de dolor, pero no se queja. Ya nada tiene sentido para ella.

Saca a sus hijos del encierro y éstos la acribillan a preguntas:

–¿Qué hicieron esos hombres, mamá? ¿Estás dolorida? ¿Querés que te prepare un té? ¿Van a seguir viniendo?

–Cuando sean más grandes, lo sabrán –les contesta ella, sabiendo que nunca entenderían lo que sucedió esa noche.

Esto se repite todas las noches, con hombres diferentes. A veces traen también otras mujeres. Ya Noemí es como una muñeca de trapo. Su cuerpo está lleno de moretones. Ese infierno se le hace eterno.

Pasan unos años más y cuando Viky ya tiene doce y David ocho, un día los encierra a los dos en el dormitorio. Noemí, sin fuerzas, abraza las piernas de su esposo y suplica:

–¡Prometiste que a ellos no les harías nada!

–Sí, pero vos no servís mucho. Tu cuerpo ha perdido su encanto –le da una patada para que lo suelte y entra al dormitorio, cerrando con llave.

La joven se sienta en el piso abrazando sus piernas contra el pecho y escondiendo su cara entre ellas. No se anima a pensar lo que hará su esposo esta vez.

Al rato se abre la puerta y se siente la voz de Fernando muy alterada.

–Andá, marica… yo, a tu edad, me volvía loco con todo esto –vuelve a cerrar la puerta.

David viene temblando y se sienta al lado de su madre.

—¿Qué pasó hijo? —lo abraza, tratando de consolarlo.

El niño llora y con voz entrecortada, cuenta:

—Primero encendió la computadora... después le hizo sacar la bombacha a Noemí y le dijo que abra sus piernas. Yo no quería mirar, pero me agarró la cara y me obligó a verla, me sacó mi... —se detiene y mira a su madre con vergüenza.

—Sí hijo, entiendo... ¿y después qué hizo?

—Comenzó a moverlo muy rápido, me hacía doler. No sé qué quería, mamá... entonces se enojó y me gritó que era un "marica". No sé qué es, pero estaba furioso. Abrió la puerta y me tiró afuera —Noemí lo abraza contra su regazo. ¿Qué le puede decir a esa criatura de sólo ocho años? Explicarle lo que hizo su padre sería tremendo. Prefiere que, mientras pueda, siga en su inocencia.

Cuando Fernando se va, la joven entra al dormitorio. Viky llora mientras se lava.

—¿Hasta cuándo será esto, mamá? —ya se da cuenta, por la edad que tiene, lo que realmente hace su padre. Hasta ahora solamente se satisface haciéndole caricias lascivas, pero ella no se puede negar porque recibe una paliza, igual que su madre.

David viene al encuentro de ambas.

—¿Por qué no nos escapamos, mamá?

—¿Cómo, hijo? ¿No viste que hasta puso un guardia en la puerta?

—Sí, pero yo me escapo igual por el ventanita del baño. Todos los días me voy a jugar un rato con Nacho.

—¿Por eso desapareces por horas? Yo pensaba que te encerrabas a estudiar.

–Cierro la puerta para que crean eso, pero en realidad me escapo a jugar –toma de la mano a su madre y la lleva hasta el baño de su dormitorio. Viky los sigue, ansiosa–. Mirá, esa ventanita no tiene rejas y vos pasás por ahí. Victoria también.

A la hermana se le ilumina el rostro.

–Podemos esperar que él se vaya, total siempre demora bastante –mira a su madre, rogándole–. Por favor, mamá, escapemos de este infierno.

Noemí acepta la propuesta, no muy convencida. Prepara algunas cosas en una bolsa y en el momento oportuno, ayuda a sus hijos a salir por la ventanita y luego ella, con mucha dificultad, logra pasar al exterior. Corren, tratando de no hacer ruido, para que el guardia no se dé cuenta. Cuando se encuentran a cierta distancia, se esconden entre unos arbustos.

–¿Y ahora, que haremos? –pregunta la madre jadeando.

–David, vos fuiste de la idea. ¿A dónde podemos ir?

–Iremos costeando la ruta, haremos dedo, alguien nos va a llevar. Creo que lo mejor es llegar a Salta. Desde ahí podemos tomar un tren o un colectivo a cualquier parte del país.

Las mujeres aceptan la sugerencia, pero a pedido de Noemí, van hasta la ruta, pero se mantienen escondidos. Ella les indicará qué vehículo pueden parar. Los chicos obedecen. Pero al pasar un patrullero de la policía, David sale gritando. Su madre trata de detenerlo, pero ya es tarde. El coche policial se detiene y el niño llama a su madre y hermana. El policía, muy atento, las sube al móvil y, en vez de seguir hacia Salta, gira el vehículo en sentido contrario.

David le dice sorprendido:

–Queremos ir a Salta. Por favor, no vuelva.

El policía lo mira por el espejo retrovisor.

—Primero vamos a ver qué dice tu padre.

—No, por favor. No nos lleve con él. Nosotros queremos ir a la ciudad.

Noemí abraza a su hijo.

—No pude detenerte, David, pero yo sabía que iba a pasar esto. Vos no entendés, pero uno de los hombres que iban a casa era el comisario, otro, el juez y algunas otras autoridades. También iban policías.

—¿Quiere decir entonces…? —el niño no termina la frase.

—Sí, hijo, tu padre tiene amigos en la policía, el gobierno y no sé en cuántos lugares más. Es inútil tratar de luchar contra él.

Cuando llegan a la casa, Fernando los está esperando furioso. Ya ha sido alertado por sus amigos.

Empuja a su esposa e hijos hacia adentro de la casa y da las gracias al conductor del móvil.

—Después te doy tu recompensa. Ahora me ocuparé de mi familia.

Cuando entra, agarra a Viky del brazo y la arrastra hacia el dormitorio. Noemí quiere detenerlo.

Fernando la desprende de un tirón.

—Vos me obligaste a esto. Te ordené que no intervinieras.

—Vicky tiene apenas 12 años —Noemí llora, impotente.

—Ya es demasiado grande. Yo estoy acostumbrado a hacerlo con chicas de 6 y 7 años, y si me consiguieran más chicas, también lo haría con gusto. No tenés idea de cómo se disfruta. Mientras más chicas, mejor.

Se encierra con su hija y al momento se escuchan llantos y quejidos. La joven toma a David y lo lleva a la otra punta de la casa. No quiere que escuche.

El niño llora, arrepentido.

—Yo tengo la culpa, mamá. No tendría que haber salido a la ruta. Cuando vi el auto de policía pensé que era nuestra salvación.

—Ya lo sé, hijito… No podías saber que eran amistades de tu padre. No quiero que te eches la culpa. De todas maneras, no creo que hubiéramos podido ir muy lejos. Fernando tiene conocidos hasta en el gobierno. Es imposible huir de él.

—No podemos hacer nada, ¿verdad?

Noemí niega con la cabeza y abraza a su hijo. Ambos lloran de impotencia.

Cuando escuchan salir a su padre, los dos corren al dormitorio. Viky está desnuda, sentada en la cama, tapada con una sábana. Tiene los cabellos enmarañados y moretones en la cara. Noemí la levanta suavemente.

—No puedo caminar, mamá… Me duele mucho —sin decir nada, la madre la levanta en sus brazos y la lleva al baño. Llena la bañera con agua tibia y la sumerge, mientras le frota suavemente la espalda y el cuerpo. Al momento el agua se vuelve rosada.

David ha quedado en la pieza y mira horrorizado un charco rojo en la cama. También se ha dado cuenta que las piernas de su hermana chorreaban sangre. No entiende bien qué ha pasado, pero no aguanta estar más allí. Va hasta el baño y escapa por la ventanita, como lo ha hecho tantas veces. Corre hasta la casa de Nacho que, aunque es mayor que él, juega y se divierte en su compañía. Llega jadeando. Su amigo no sabe bien qué le pasa, pero tratando de ayudarlo, lo lleva hasta la bodega de su padre. Como es el hijo del dueño, el portero lo deja entrar, sin preguntar. Bajan a un sótano lleno de toneles y barriles.

Le acerca una botella de vino:

—Esto te calmará —le indica.

David mira el contenido y se da cuenta que es algo que su madre le advirtió que no tomara nunca, pero quiere olvidarse de todo lo vivido, acepta lo que su amigo le alcanza y toma con desesperación.

—Al principio vas a sentir náuseas, quizá vomites, y mañana seguro que te va a doler la cabeza —Nacho le anticipa lo que puede pasar, mientras él también empina una botella—. Pero después te acostumbrás y ya no te hace nada. Sirve para olvidarse de todo.

—¿Pero vos por qué tomas? Si tenés de todo. Una casa con todas las comodidades, una pieza donde ya no te entran más juegos, sirvientes que te atienden como un rey.

Nacho traga el líquido y comenta:

—Tenés razón, tengo todo lo que quiero… pero no tengo a mis padres.

—¿Murieron?

—No, pero pasan todo el año viajando por el mundo: París, Roma, Amsterdam, Egipto, etc. etc. etc. Tengo postales acumuladas con frases como: "Te queremos, hijo". "Te extrañamos" —Nacho hace una pausa, toma otro sorbo de vino y agrega—, pero los veo una o dos veces al año. Y siempre preparándose para su próximo viaje. No te imaginás lo terrible que es estar solo.

David ve a Nacho empinar de nuevo la botella y no sabe qué decirle. Siempre lo envidió, pero nunca se imaginó que alguien como él pudiera ser tan infeliz.

Después de un rato, empieza a ver que todo a su alrededor da vueltas y vueltas. Ya no se acuerda de nada. Se siente liberado de sus problemas y ríe con su amigo, sin saber por qué.

Cuando se levanta al día siguiente, no sólo le duele la cabeza, como se lo anticipó su amigo, sino que tiene que correr al baño para vomitar. Se apoya en el lavabo y se asusta de la imagen que le devuelve el espejo. Tiene ojeras, una palidez casi mortal, siente que el piso se levanta y vuelve a su lugar. Nunca se sintió tan mal. Vuelve a acostarse y cierra los ojos.

Siente voces en el pasillo y, con mucha dificultad, abre la puerta. Han llegado varios hombres de guardapolvos y el médico amigo de su padre. Fernando preside la comitiva. Se introducen en el dormitorio de la pareja y cierran con llave. ¿Qué le harán esta vez? David está desorientado. ¿Habrá enfermado su madre? Sabe que sería inútil tratar de entrar o mirar qué sucede, así que vuelve a la cama. Aguza el oído para poder escuchar algo, pero es todo silencio.

En el dormitorio del matrimonio, indican a la esposa que se acueste. Ella obedece sin entender nada. ¿Por qué ahora su esposo trajo al médico con sus ayudantes? ¿Qué le harán esta vez? Un enfermero ha preparado una jeringa y le inyecta en el brazo, conectando la manguera a un frasco de suero. Otro coloca una inyección en el mismo suero. Noemí mira a su esposo con ojos desorbitados. Quiere saber qué le están haciendo, pero comienza a sentir somnolencia y se queda dormida. Cuando despierta sólo su esposo está a su lado. Siente un tremendo dolor en el bajo vientre.

—¿Qué me hicieron? —pregunta ella, todavía mareada.

—Te unieron las trompas. Mientras era yo solo, no me importaba mucho que quedaras embarazada. Pero ahora somos muchos y no quiero que vuelva a suceder porque no sabría de quién es el hijo —se detiene un momento en la explicación, y como si fuera lo más natural, prosigue:— Además, embarazada ya no nos servirías. Si te duele mucho hay un enfermero que te colocará un calmante. Avisale si tenés dolores.

Sin dar más explicaciones, se retira y entra el enfermero.

Ella asiente y da vuelta la cara hacia el otro lado. ¿Qué otra cosa le tocará vivir de ahora en adelante? Se consuela pensando que todo ese sufrimiento vale la pena con tal de salvar a sus hijos de esos degenerados.

La historia sigue igual durante dos años más. Es imposible describir las atrocidades que suceden, todas provocadas por imágenes de pornografía. Cada vez son más brutales las películas que traen. Noemí es como una muñeca de trapo. Ya no puede levantarse. Trata que sus hijos se mantengan al margen, pero a medida que van creciendo se dan cuenta qué clase de monstruo tienen por padre. Los dos se abrazan y lloran de impotencia cada noche al ver entrar la comitiva.

Para sorpresa de Noemí, una noche, en vez de entrar en su dormitorio, se dirigen al de su hija.

—No, por favor —se levanta como puede y se arrastra agarrando la pierna de Fernando. Este la desprende de una patada.

—No intervengas porque será peor. Vos ya no servís para nada. Los muchachos quieren emociones nuevas —guiña el ojo a sus amigos que entran a las risotadas.

Noemí golpea la puerta, suplicando, mientras escucha desesperada los quejidos de su hija y las obscenidades de los hombres. Golpea y golpea sin parar, hasta que sale su esposo con un policía. La arrastran hasta el dormitorio y le ponen unas esposas en la muñeca que sujetan a la pata de la cama matrimonial:

—Así nos dejarás tranquilos —Fernando y el policía se retiran y vuelven de donde salieron.

David, en su cama, se tapa los oídos con la almohada. No quiere oír lo que pasa. Bastante mareado todavía, salta hacia afuera y corre a la casa de Nacho.

—¿Qué pasó esta vez? —su amigo lo ayuda apoyándose en su brazo.

—Vamos a la bodega. No aguanto más.

Sin decir más nada, Nacho lo lleva a donde le ha indicado y se ahogan nuevamente en el alcohol. Ambos toman hasta perder el conocimiento. Cuando despiertan, tratan de incorporarse y se caen varias veces. Ríen sin sentido.

—Por lo menos, esto me alivia el dolor de lo que está sucediendo en mi casa —David habla con la lengua trabada—. Tenías razón cuando me decías que ayuda a olvidar.

Abrazados y a los tumbos, logran subir las escaleras. Cuando salen al exterior, el aire fresco los despeja un poco.

—Me voy a mi casa. Quiero saber cómo está mi mamá. No sé qué le habrán hecho esta vez.

Nacho lo comprende y se separan.

En el trayecto, David se cae varias veces, pero continúa. Con mucha dificultad trepa hasta la ventana y se deja caer adentro. Cuando se repone un poco, va hasta el dormitorio de sus padres. La cama está sin tender, y su madre no está.

—Aquí estoy, hijo… —la voz de Noemí es apenas perceptible.

David camina despacio y se asoma al otro lado de la cama.

—¿Por qué estás atada?

—Eso no importa. Por favor, andá a ver cómo está Vicky.

David gira y todo le da vueltas, se apoya en la pared y se desliza al dormitorio de su hermana. La encuentra sentada, como la otra vez, con la mirada perdida. Todavía está encendida la pantalla. La apaga y abraza a su hermana, tratando de protegerla. Ella se queja.

—¿Dónde está mamá? —la joven habla con voz apenas perceptible—. Decile que venga, por favor…

—No puede, Vicky, papá la ha esposado a la cama.

Su hermana lo mira y se levanta como puede para ir al dormitorio contiguo. Llega y se tira en el suelo, abrazando a su progenitora. David viene y abraza a las dos.

Ninguno dice nada. Están unidos en el mismo infierno.

Al rato de permanecer en esa posición, Noemí dice con voz entrecortada:

—Andá a bañarte, hija. Esta vez lo tendrás que hacer sola.

La joven obedece y David se queda con su madre. Enseguida, ella advierte el olor que desprende su hijo.

—¿Estuviste tomando?

—No pude aguantar, mamá. Aquí es todo tan feo que lo hago para escapar y no pensar. Perdoname…

La madre lo abraza, con el único brazo que tiene libre:

—Te entiendo, hijo. Si yo pudiera, me parece que haría lo mismo.

La historia se repite varias veces, en el dormitorio de Vicky y en la bodega del padre de Nacho. A esta altura, David se ha convertido en un gran bebedor, como su amigo. Todas las mañanas se levanta y va a ayudar a su hermana, sabiendo la noche que ha pasado. Luego le lleva el desayuno a su madre. Le ha puesto una almohada y también una colchoneta para que no le haga daño el frío del piso. La tapa con una frazada. Sabe que su padre ni se ocupa de ella así que trata de ayudarla en lo que puede. Siempre deja un poco de la comida que Fernando trae de la rotisería y cuando él se va, se la alcanza a su madre. Nadie dice nada. Cada uno está viviendo su propio calvario.

CAPÍTULO 10

Primera consecuencia nefasta

YA SE HA HECHO COSTUMBRE PARA DAVID IR TODOS LOS DÍAS con su amigo a la bodega. Tiene apenas 10 años, pero ya es un bebedor experimentado. Como los vinos comunes son poco atractivos y no hacen el efecto que desean, van probando otros de mayor graduación y añejos. Se han hecho inseparables. Ambos viven sus propias desdichas.

Un día, cuando David va a buscar a su amigo a la casa, éste sale a su encuentro sonriendo.

–Hoy tengo una buena noticia para vos. Me consiguieron una llave de "esposas", así que podrás liberar a tu mamá.

David comienza a danzar de alegría.

–Por fin, pobre mamá. Ya no siente el brazo de tan acalambrado que lo tiene. Voy corriendo a mi casa. Mañana iremos a la bodega –grita David mientras emprende el camino, saltando arbustos y piedras con su llave en mano.

Ni bien llega, corre al dormitorio y libera a su madre.

–¿Qué hiciste, hijo?

–Nacho me consiguió estas llaves, mamá. Ahora podrás levantarte y caminar. Ya no tendrás más tu brazo acalambrado.

–Gracias, David. Pero si Fernando se da cuenta de esto, no sólo me va a golpear a mí, sino que tambіén vos recibirás una paliza.

–Cuando él venga, podés venir y simular que todavía estás prisionera. Él ni se fija. Está seguro que no podés soltarte.

Noemí intenta pararse, pero no puede. Su hijo trata de ayudarla, pero es inútil.

–Estoy endurecida. Tendré que hacer un poco de ejercicio y movimientos antes de poder levantarme.

David le acomoda las piernas y la ayuda un poco a incorporarse. Noemí continúa moviendo sus miembros doloridos. Después de una semana, ya se puede sentar sola y, a los pocos días, se para y da algunos pasos. Cada vez que escucha el auto de su esposo, vuelve a tirarse y se pone en su posición original. Hasta ahora han podido engañarlo y eso trae esperanzas a madre e hijo.

Vicky permanece sin salir de su habitación. Con sus 14 años, parece una muerta en vida. No llora, no ríe, no habla. Se levanta solo para ir al baño. Su madre, a duras penas, va todos los días para hablar con ella, pero diga lo que diga, su hija permanece callada, con los ojos perdidos en la nada.

Un domingo David, al levantarse, va al dormitorio de su hermana, como lo hace siempre. Al llegar a la puerta, se tapa la cara y grita desesperado a todo pulmón.

–¡Nooooo… Vicky!

Su madre corre al escuchar el grito de su hijo y queda estupefacta ante lo que ve. Vicky pende de una viga del techo, con una sábana enroscada a su cuello. Tiene la cara morada y su cuerpo se balancea suavemente. David corre, levanta la silla que está tirada bajo los pies de su hermana y le solivia el cuerpo.

Noemí viene y lo ayuda a bajarla. Entre los dos le desanudan la sábana, pero se dan cuenta que es demasiado tarde. Vicky se ha suicidado. Fue la única manera que encontró de terminar con el calvario que vivía. Madre e hijo abrazan el cuerpo inerte sin decir palabra, solamente lloran. Todo lo que hagan es inútil.

–Dejala en el suelo –habla por fin Noemí–. Espero que esto le sirva de escarmiento a Fernando.

Ella vuelve a su posición de siempre y David a su dormitorio. Sólo un momento después, llega el padre. Desayuna sin prisa y va a su dormitorio para dormir un rato. Noemí no sabe cómo llamarle la atención hacia su hija.

–¿Por qué no vas a ver qué pasó en la pieza de Vicky? Esta mañana escuché un ruido raro… como que se cayó algo.

Fernando se levanta sin ganas.

–¡Cómo te gusta hacerme perder tiempo!

Se dirige adonde le indicaron. Cuando llega y comprueba lo que ha pasado, su mente trabaja a mil revoluciones. ¿Cómo puede disimular lo sucedido? La gente del pueblo no debe saber lo que pasa en su casa. ¿Qué puede hacer? Levanta el cuerpo sin vida de su hija y la acuesta en la cama, acomodando sus manos cruzadas sobre el pecho. Su cuerpo ya está frío, pero todavía no se ha endurecido. ¿Qué le puede decir a su esposa? No quiere pensar en su reacción. ¡Menos mal que está inmovilizada!

Deja a su hija en la cama. Se baña y se viste con el traje de los días especiales. Noemí lo acribilla a preguntas, pero él la ignora. Sale y enciende el auto. Ni bien sienten que se aleja, madre e hijo corren al dormitorio de Vicky. ¡Es increíble la frialdad de su esposo! Ella se ilusionó pensando que esto lo conmovería, pero se da cuenta que él ya no tiene sentimientos.

Mientras los empleados de la funeraria acomodan a Vicky en el cajón, Fernando se llega hasta su esposa.

—No quiero que armes ningún escándalo. Te vas a quedar aquí. Ya inventaré un pretexto para disimular tu ausencia —y cuando se va retirando, agrega—. Ya que Vicky no me sirve más, tendré que hacer algo con David.

Noemí guarda silencio hasta que sale la comitiva. Escucha a su esposo que finge llorar acongojado y eso la enardece, pero sabe que será peor gritar o revelarse. Muerde sus labios hasta hacerlos sangrar.

Cuando comprueba que se han alejado, se levanta y corre al dormitorio de David, que también ha permanecido en silencio para no agravar la situación.

—Por favor, hijo. Tenés que irte…

—¿A dónde, mamá?

—No lo sé, pero no quiero que Fernando te encuentre cuando regrese. Pedile a Nacho que te ayude. Hijito, por favor, buscá alguna iglesia evangélica. Allí seguro que te van a ayudar —Noemí abraza a su hijo con desesperación, lo peina hacia atrás con las manos y lo besa repetidas veces—. Todo esto que hemos vivido es por haber desobedecido a mis padres y al Señor —vuelve a besarlo. Sabe que es la última vez que lo verá—. Vos no lo hagas. Las consecuencias son tremendas. Y si algún día encontrás a mi madre o mis hermanos, no les cuentes lo que pasó en esta casa. No quiero que ellos sufran por mi culpa.

—Pero… ¿dónde puedo buscarlos, mamá? Vos me dijiste que no sabías nada de ellos.

—Y es verdad, hijo, pero los caminos de Dios son inexplicables. Quizá Él te conceda que conozcas a tu abuela o a tus tíos.

Rápidamente le prepara un bolso con alguna ropa y lo que encuentra de comida. Cuando el niño se dispone a salir, Noemí lo detiene:

—Esperá un poquito, te voy a traer algo que quiero que conserves a tu lado —corre a su dormitorio y vuelve con un libro de tapas negras.

—Llevá mi Biblia, hijo. Tratá de leerla todos los días. Buscá a Dios, es el único que puede ayudarte —diciendo esto, lo vuelve a abrazar y lo ayuda a terminar de trepar—. Te amo, hijo. Nunca lo olvides. Esto que hago es para salvarte de un infierno igual o peor del que vivió tu hermana. Que el Señor te acompañe.

David duda un instante y después corre, alejándose. Siente que su corazón se parte, pero no quiere desobedecer a su madre sabiendo que las consecuencias serían peores.

Noemí vuelve a su dormitorio y cae de rodillas, apoyando sus brazos en la cama y tapándose la cara con las manos.

Después de un prolongado silencio, con su cuerpo convulsionado se anima a orar.

—Señor, hasta ahora no podía dirigirme a ti. Me avergüenza lo que hice. He desobedecido a mis padres y a tu Palabra… ¡Perdóname, Señor! Sé que no lo merezco, pero he llegado al límite de mis fuerzas. Por favor, Señor… No te pido por mi vida, sino por David. Cuídalo, protégelo. No pude hacer nada por Vicky y ya no la tengo conmigo. Era apenas una niña, Señor… —no puede seguir. Suspira varias veces, llorando—. Y si es posible, Señor, haz algo que detenga la maldad de Fernando. Me aterra saber lo que está haciendo. Pienso en los padres de esas criaturas. ¡Es terrible, Señor! ¡Nunca imaginé que podía haber tanta maldad! Vivía tan feliz con mi familia… —ese recuerdo la tortura desde siempre–. No sé qué ha sido de ellos… Pero donde estén, sé que siguen fieles a ti. ¡Ojalá hubiera escuchado sus consejos! ¡Qué necia fui! ¡Perdóname, Señor! ¡Perdóname! La sangre de tu Hijo todavía tiene valor. ¡Límpiame, Señor! ¡Límpiame!

Permanece arrodillada. Apoya su cabeza en las manos cruzadas y va sintiendo una paz que hace muchísimo tiempo necesitaba. Su cuerpo se afloja. Al rato se duerme, con una sonrisa en sus labios. Sueña con su infancia, con sus padres y hermanos alrededor de la mesa, orando y meditando la historia que leyeron en la Biblia. Su madre, sentada a su lado, aconsejándola. Poco a poco se borran esas imágenes y duerme profundamente.

El golpe de la puerta la despierta y al darse cuenta que está del otro lado de la cama, corre a su lugar de siempre, justo cuando entra su esposo.

–No hace falta que sigas fingiendo –le dice Fernando, fríamente–. No sé cómo hiciste para soltarte, pero hace mucho me he dado cuenta que las esposas están abiertas. Además tu rostro te delata. Antes estabas demacrada y ahora cada día estás más rozagante.

Se quita el saco y desarma el nudo de su corbata, desabrochando a su vez el primer botón de la camisa.

–Fernando… –intenta dialogar Noemí con su esposo y él la interrumpe.

–De todas maneras, eso ya no importa –se tira en la cama–. Quiero descansar un rato, mañana será el sepelio de Vicky.

Noemí se levanta, esperanzada.

–¿Puedo ir?

–Ni lo sueñes, les dije a todos que estabas enferma, no quiero que aparezcas en el cementerio. En la cocina quedó un poco de comida.

La esposa se levanta y se dirige donde le indicó su esposo. Ya no siente dolor, ni angustia, ni desesperación. Le parece que ha vivido una pesadilla.

Llega la tarde y Fernando se prepara nuevamente para su actuación.

David ha ido a la casa de Nacho, y juntos, a la bodega. Mientras toman, el niño le cuenta a su amigo lo sucedido estos últimos días en su casa. Como el alcohol ha comenzado a hacer su efecto, al rato están tirados en el piso, hablando incoherencias y riéndose de nada.

El amanecer del nuevo día, los encuentra en la misma posición. David se levanta con dificultad.

–Quiero ir al cementerio, esta mañana seguro que sepultan a Vicky.

–¡Estás loco! Ahí estará tu padre.

–No importa, me esconderé donde pueda, pero quiero ir.

–Quedate aquí un momento, voy a ver qué puedo hacer. –Nacho se levanta y sube las escaleras muy despacio. Todavía está mareado.

David espera a su amigo que regresa muy pronto.

–Vamos, ya averigüé dónde la entierran. Hay un panteón cerca, creo que desde ahí vamos a poder ver todo. Pero por favor, David, ni se te ocurra aparecer.

Ni bien se ubican en su escondite, aparece la comitiva. Fernando lleva una de las manijas del cajón y llora, aparentemente desconsolado. Su hijo se enardece ante esa comedia, pero Nacho lo detiene.

–Me prometiste que no harías nada.

–Me indigna verlo tan caradura. Llora como si realmente

sintiera la muerte de Vicky y él mismo la provocó.

Nacho pasa un brazo por la cintura de su amigo, como para protegerlo, pero a la vez para evitar que haga algo indebido.

—Ni a mamá la ha dejado venir… —las lágrimas caen formando un surco sobre el rostro del niño.

Cuando la comitiva se retira, los muchachos vuelven a la bodega.

—Voy a averiguar qué está pasando afuera. Si escuchás voces, escondete en ese tonel —Nacho le señala uno que está al fondo—. Está vacío y abierto por detrás. Allí estarás seguro.

Pasan dos días más y su amigo no aparece. David teme salir. Para olvidarse de todo, sigue bebiendo, pero como sabe que puede estar inconsciente si viene alguien, directamente se ha ido al tonel que Nacho le indicó.

No ha comido nada en esos dos días y siente dolor de estómago. Quizá podría pedirle algo al portero. Ha ido tantas veces a la bodega que es muy conocido.

Cuando se dispone a salir, escucha voces extrañas y vuelve a esconderse. Se queda lo más quieto posible. Mira por un pequeño agujero del tonel y ve entrar dos policías. Su corazón comienza a latir furiosamente. Se da cuenta que su padre lo está buscando y ha mandado a sus amigos.

Los policías miran todos los rincones, alumbrando con una linterna. De pronto David estornuda, sin poder evitarlo. Queda tieso, pero advierte que los policías lo han descubierto. Para su sorpresa, escucha a uno de ellos.

—No está ese chico. Le diremos al comisario que aquí no lo encontramos —habla fuerte para que el niño lo escuche. Le guiña el ojo a su compañero y prosigue.

—No creo que dure mucho la búsqueda porque ya intervino la Federal. De esa no se van a poder escapar fácilmente.

Ambos policías suben las escaleras y desaparecen. David está todo sudado. No se anima a levantarse. ¿Por qué no lo delataron? ¿Qué será eso de la Federal?

Por fin aparece Nacho y lo llama apenas con un susurro.

—David, salí un ratito. Tengo que decirte algo…

El niño sale y mira a todos lados, desconfiado.

—¿Por qué no venías? No doy más de hambre.

—Te traje comida —su amigo le alcanza unos sándwiches que devora—. Fueron a allanar mi casa. Me estaban vigilando, por eso no podía venir. Me dijo el portero que entraron dos policías. Se ve que no te encontraron.

—Creo que sí, porque no pude evitar estornudar. Después empezaron a hablar bien fuerte, para que escuchara. Decían de una Federal… ¿Qué es eso?

—Es una policía que tiene jurisdicción en toda la República. ¿Y qué dijeron?

—Que le iban a decir al comisario que no me encontraron.

—Entonces esos policías no eran amigos de tu papá.

—Pero… ¿qué hago ahora?

—Yo le dije a uno de los camioneros que te escondan entre los cajones de vino, por si revisan el vehículo, y que te lleven a La Rioja. Ahí podés estar tranquilo por un tiempo. Yo te mando plata con el mismo chofer.

—Está bien, pero antes de irme, quisiera ver a mamá por última vez.

—¡Estás loco! Si te ven cerca de tu casa, no vas a poder escapar, y no sé qué será capaz de hacer tu papá.

—No me importa. Quiero que mi madre sepa dónde voy. Mañana no muy temprano, voy cerca de casa y cuando vea salir a mi padre me deslizo como siempre. ¡Lo hice tantas veces!

Nacho no está muy convencido, pero sabe que será inútil tratar de persuadir a su amigo.

Capítulo 11

Sucede lo impensado

Cuando David va camino a su casa, percibe olor a humo y ve llamaradas que suben hacia el cielo. En ese lugar está solamente la casa de sus padres. Corre desesperado, sin importarle que lo vean. Al llegar, ve a los bomberos, tratando de apagar el incendio. Se ha reunido mucha gente alrededor. Escucha a su padre gritar y llorar y, aunque es un niño todavía, se da cuenta lo que ha sucedido. Corre hacia el cerco policial y Fernando lo alcanza y lo abraza muy fuerte. David se da cuenta que no es cariño, sino que quiere impedirle que diga algo que lo delate.

–¡Ay, hijo! ¡Qué pena tan grande!

El niño se suelta a puñetazos y pasa el cerco policial dispuesto a entrar en la casa en llamas. Un bombero lo detiene.

–¿Dónde vas, hijo? ¿No te das cuenta que es inútil salvar algo?

–¡Ahí está mi mamá! ¡Déjeme pasar! –grita desesperado.

–¿Cómo que está tu madre? –el bombero está desconcertado–. Si don Saldívar nos dijo que no había nadie.

–¡No le crea! ¡Le aseguro que ahí está mi mamá!

–Esperá, hijo –el bombero le pone una mascarilla, un antiparras, un casco y lo envuelve en un traje antillamas, mientras ordena–. Echen agua, que vamos a entrar –todos obedecen.

Saltan las llamas y no pueden ver nada por el humo.

–Caminá a ras del suelo para no ahogarte –le indica el bombero al niño.

David obedece y cuando se está deslizando, toca el cuerpo de su madre, tirado en el piso.

–¡Acá está! –grita con su voz ahogada por la mascarilla.

Su compañero viene hasta él y comprueba que hay un cuerpo semi quemado en el suelo. Hay un charco de sangre alrededor y tiene una cuchilla clavada en el pecho. Sospechando lo que ha pasado, le grita a David.

–Salí… Yo alzo a tu mamá.

Ni bien salen, los bomberos lanzan chorros de agua sobre ellos. Tienen algunas quemaduras, pero nada de gravedad. Cuando el bombero deposita el cuerpo sin vida de Noemí, su hijo se abraza a ella desesperado.

–Mamá… mamita… No tendría que haberte dejado –al momento se enchastra de sangre su ropa. Otro de los bomberos lo desprende del cuerpo. Viene un oficial de policía y comprueba que, además de la cuchilla clavada en el pecho, tiene muchos puntazos en todo el cuerpo. Se da vuelta rápidamente hacia donde estaba Fernando, pero no lo ve.

–Atrápenlo antes que se escape –le grita a sus compañeros.

–Yo voy por él –contesta el comisario.

–¡No…! ¡Él no! –grita David desesperado– ¡Es uno de los amigos de papá!

El oficial hace señas a algunos de sus compañeros para que corran y atrapen a Fernando, al comisario y a otro policía, antes que suban al automóvil tratando de escapar.

El niño gira y ve cuando dos bomberos introducen el cuerpo de su madre en una bolsa negra.

—¿Qué van a hacer con mamá? —pregunta desconsolado.

—Tienen que llevarla para hacerle una autopsia. Así se va a comprobar quién la mató.

David lo mira, incrédulo.

—¿Acaso no se da cuenta que fue mi papá?

—Eso calculamos, hijo, pero para asegurarnos, tenemos que hacer un peritaje —se hinca delante del muchacho y le pregunta—. ¿Vos conocés a todos los amigos de tu papá?

—No sé si a todos, pero sí a los que iban a mi casa. Los reconocería con los ojos cerrados. Usted no se imagina cuántas veces fueron.

—Entonces, acompañame a la comisaría.

—A la comisaría no… —David se detiene decidido—. Ahí todos son amigos de papá.

—Ahora no, nosotros hemos intervenido el destacamento. Somos de la Policía Federal. Hace tiempo que andábamos tras una banda que vendía pornografía y eran pedófilos.

David no entiende mucho lo que ha dicho el oficial, pero le infunde confianza y lo sigue. Suben a un auto, ponen la sirena y van camino a Salta. El Comisario de la Federal lleva al niño hasta un gran ventanal donde se ven varias personas paradas al otro lado. Cuando comprueba quiénes son, David trata de escapar. El oficial lo detiene.

—No te asustes. Nosotros podemos verlos a ellos, pero ellos a nosotros no. ¿Podés reconocer alguno?

El niño asiente, pero se muestra indeciso, mirando hacia un costado. Muy despacio el policía le pregunta:

—¿Hay alguno de los amigos de tu papá entre nosotros?

David mueve la cabeza y señala a dos hombres que estaban

presenciando la escena. Estos tratan de escapar, pero son interceptados por otros federales.

—¿Hay alguien más que conozcas y no esté ahí adentro?

—Sí… hay gente del gobierno y el jefe comunal.

—¿Estás seguro de lo que dices?

—Sí, señor. Mi mamá los conocía y me dijo quiénes eran.

El Comisario Federal da la orden para la aprehensión de los nombrados.

—Ahora, mirá bien y decime a quién reconocés de ahí adentro. Recordá que ellos no te pueden ver.

David señala:

—El primero, el segundo, el quinto y sexto, el de camisa roja, el de a cuadros… —la lista sigue. Como el oficial observa que el niño no ha dudado, le sugiere.

—¿Podrías reconocerlos de nuevo?

David vuelve a señalar los mismos de antes. Ya no cabe duda que los ha reconocido.

—¿Qué van a hacer con el cuerpo de mamá?

Después de hacerle la autopsia, la vamos a enterrar. Pero no te preocupes, te avisaremos. ¿Dónde te vas a quedar ahora que no tenés a tus padres y tampoco tu casa?

—En la casa de Nacho. Él me dijo que vaya con él.

—Sí, señor… Se va a quedar conmigo —Nacho ha llegado y abraza a su amigo—. Te aseguro que cuando me dijeron, no lo podía creer.

El oficial ordena que lleven a David y su amigo, mientras detiene a los que acaba de reconocer.

Fernando y su banda son llevados a juicio. Aunque contratan un buen abogado, no pueden evitar la cárcel porque las pruebas son muy contundentes. En los allanamientos se encontraron más de 100 videos pornográficos y de abuso de niños.

Cuando entierran a Noemí, todos se conmueven al ver a ese niño, de apenas 12 años, convulsionado por el llanto. Ya todos están enterados de lo que ha pasado, aunque no con muchos detalles. Varias mujeres se acercan para ofrecerle su ayuda, pero Nacho les dice que no hace falta. Él lo llevará a su casa.

David ha perdido la sonrisa. No le queda nada. La vida para él ha perdido sentido. Su amigo hace de todo para animarlo, pero fracasa. Lo único que consuela a ambos es la bebida.

Pasan seis meses en que todo sigue igual, al cabo de los cuales regresan los padres de Nacho, con cantidad de regalos para el hijo, como siempre. Éste los recibe, sin mayores expectativas. Cuando están solos, su hijo les explica el motivo por el cual David está en su casa.

—Ya no sé qué hacer por él —se lamenta el muchacho—. Nada lo satisface. Nada lo divierte. Desde que llegó no lo he visto sonreír.

Los padres lo escuchan mientras siguen con sus preparativos para el próximo viaje. Nacho se da cuenta que les interesa muy poco la situación de su amigo. "Viven nada más que para ellos". Cuando se dispone a salir de la habitación, sus padres lo detienen.

—Este viaje queremos que vengas con nosotros. Iremos a Orlando, y sé que ese lugar te va a encantar —el hijo demora en contestar. Piensa en su amigo y no quiere dejarlo a la deriva. A la vez le gustaría muchísimo hacer ese viaje. Es el único lugar que ha deseado conocer.

David ha llegado hasta la puerta y cuando escucha la conversación, se detiene.

—No sé… –duda Nacho–. No quisiera dejar a mi amigo.

—¡Nacho, por favor! –lo increpa su padre–. ¿Te vas a perder el viaje por ese muchacho que no tiene nada que ver con vos? ¡Estás loco!

—Podemos dejarlo vivir en nuestra casa –interviene la madre, más condescendiente–. Aquí tendría de todo.

David no quiere escuchar más y se retira. Va hasta su dormitorio y prepara su mochila. No permitirá que su amigo pierda ese viaje por culpa de él.

Nacho entra en la habitación, y cuando ve lo que está haciendo su compañero de antiguas andanzas, lo mira extrañado.

—¿Por qué estás preparando tus cosas? ¿Vas a algún lado?

—Me voy, Nacho. Tengo que hacerme cargo de mi vida. No puedo estar siempre dependiendo de otros.

—¿Y adónde pensás ir?

—Por el momento voy a Salta. Después no sé.

Se abrazan y lloran. David no quiere demostrar su miedo. No sabe cómo se podrá arreglar desde ahora, pero tampoco quiere que su amigo se sacrifique por él.

—Le diré a uno de los choferes que te lleve.

—Gracias.

El muchacho sale para hablar por teléfono a la bodega.

—Ya está todo arreglado. Martín te llevará a la ciudad –estira su mano con algunos billetes– Tomá, no es mucho, pero para los primeros días te va a alcanzar.

David duda un poco en recibirlos, pero después se da cuenta que los va a necesitar. No sabe qué hará en Salta. Los amigos se abrazan nuevamente y cuando se separan el más joven le dice:

–Saludá a tus padres de mi parte. Agradeceles su hospitalidad.

Nacho lo ve partir con un nudo en la garganta. Cuando ya está bastante lejos, le grita:

–Cuando vuelva, te voy a buscar.

David lo saluda con la mano y se dirige a la bodega donde ya el chofer lo está esperando.

Capítulo 12

Perdido en la gran ciudad

David deambula por las calles de Salta, sin rumbo fijo. El chofer lo ha dejado en pleno centro, con algunas recomendaciones. El adolescente, que ya tiene 13 años, le ha mentido que ahí tiene parientes. Mira a la gente que camina apurada, a los autos tocando bocina y los semáforos que le dan paso, y sigue caminando. ¿Dónde podrá ir? Pasan las horas del día y cuando está anocheciendo, David siente que su estómago le está pidiendo comida.

Desde el desayuno de la mañana no ha probado bocado. Saca un billete de los que le dio Nacho y se acerca a un bar. Mira los precios en la lista al lado del mostrador y se asusta. Pensaba que el dinero le iba a servir para mucho tiempo, pero ahora se da cuenta que no podrá vivir mucho con la dádiva de su amigo. Pide un sándwich del más barato, sin ninguna bebida, y se sienta en una de las mesas. Se demora lo más que puede, pero el dueño ya le ha dirigido varias miradas sospechosas.

Sale de nuevo a la calle, la noche es cerrada. Mira a su alrededor y descubre un lugar muy iluminado. Se dirige hacia allí. Es la terminal de colectivos. Entra y se sienta en un banco bien alejado. Al poco tiempo, el sueño lo vence y se estira, poniendo la mochila de almohada. Por lo menos ahí está bajo techo y calentito.

Los días siguientes sigue recorriendo la ciudad, desorientado. Siempre vuelve al mismo lugar a dormir. Al poco tiempo se le acaba el dinero que le dio Nacho y comienza a pensar qué hará para subsistir. Ha preguntado en varios negocios, pero nadie quiere ocupar a un adolescente de 13 años. Una noche, mientras está durmiendo, un guardia lo despierta.

–Este no es lugar para dormir, jovencito. He observado que vienes todas las noches, pero no tomas ningún colectivo. Tendrás que retirarte.

David obedece y pone su mochila al hombro. Ahora sí que está en problemas. No tiene ni siquiera dónde dormir. A esta altura, su ropa está sucia, así como sus zapatillas. La cara y las manos se las lava en cualquier lado. Le duele el estómago, por falta de comida y también de bebida. Pasa por un restaurante y observa que un cocinero tira restos de comida en un tacho de basura. Aguarda que se vaya y va desesperado a comer lo que puede. Al rato tiene que retirarse por la cantidad de perros que le disputan su comida. Al menos alcanzó a saciar su hambre.

Vuelve todos los días al mismo lugar y así se mantiene por un tiempo. El problema es siempre la noche. Ha dormido en bancos de la plaza. En rincones de algún negocio, y demás, hasta que se da cuenta que puede ir a la estación del ferrocarril. Está bastante abandonada, pero al menos de allí no lo van a correr.

Sigue en la misma situación por un tiempo hasta que se anima a entrar en un bar y pedir algo de comida a cambio de alguna labor. El dueño es un hombre mayor, regordete, con cara de pocos amigos.

–¿Y qué sabés hacer? –le pregunta con voz áspera.

–Lo que sea, señor. Necesito trabajar en algo –David no quiere contarle sus penurias a un desconocido.

–Está bien. Creo que me podrás servir para los mandados y la limpieza del salón. Al fondo hay un catre donde podrás dormir.

El muchacho no sabe cómo agradecer este favor. ¡Por fin tendrá un techo! Se dirige apresuradamente donde le indicó el dueño. Cuando llega al lugar se encuentra con un catre maltrecho que tiene apenas una colchoneta de 3 cm. de espesor. Un cajón de manzana como mesa de noche y apenas un espacio para pasar de costado entre cajas y botellas. De todas maneras es mejor que vivir en la calle. Deja su mochila sobre el catre y vuelve al salón.

–Primero te das un baño. No quiero que la gente te vea con esa mugre, porque los vas a espantar –le señala una puerta al final de otro pasillo–. Utilizá una de las toallas del aparador. ¿Tenés otra ropa para cambiarte?

El muchacho asiente y va a buscar sus pertenencias. Después de desvestirse, abre la ducha y se da cuenta que tiene un solo grifo, o sea que tendrá que bañarse con agua fría. Tirita un poco, pero después su cuerpo se adapta medianamente a la temperatura del agua. Refriega bien su piel con un resto de jabón que encontró tirado y sale de la ducha porque ya no aguanta el agua fría. Se seca con un resto de toalla que encontró en el aparador y se pone su ropa limpia. Cuando observa el estado de lo que se ha sacado, decide tirarlo a la basura.

Ya limpio y bien peinado, vuelve al bar.

–¡Cómo cambiaste! ¿Hace cuánto que no te bañabas? –la voz del dueño se suaviza un poco.

David simplemente se encoge de hombros y comienza con la tarea que le va indicando don Manuel, que así se llama el hombre mayor.

Es un bar donde la mayoría de los que concurren son borrachos o gente que trabaja en albañilería. Sólo se sirven tragos y algunos sándwiches. David, disimuladamente, cuando retira un plato con algún resto de comida, aprovecha para comerlo. Don Manuel observa la disposición del muchacho y, de a poco, siente que su corazón se enternece. Podría ser su nieto. Recuerda con nostalgia su único hijo al que vio partir y que al poco tiempo se enteró que había muerto en un accidente. Por lo menos este muchacho le servirá de compañía.

Cuando es más de medianoche, el salón queda totalmente vacío. Don Manuel le deja las llaves a David.

–Podés irte a dormir. Mañana limpiás. Abrimos casi a mediodía.

Cuando el dueño sale, el joven cierra la puerta y se dirige al fondo del depósito. No tiene con qué taparse, así que se acuesta vestido. Cuando está por dormirse, ve las botellas a su alrededor y no aguanta la tentación. Bebe una completa y tira el envase en el tacho de basura, donde hay varias más, para que no lo descubra don Manuel. Al poco tiempo, comienza el mareo y esa sensación que hace mucho no tenía.

Sigue la misma situación durante dos años más. Hay días que David no aguanta el dolor de estómago, pero lo disimula como puede y sigue con sus tareas. A esta altura, don Manuel aparte de la comida, le da algo de dinero que le sirve para comprarse algo. Siempre va a una tienda donde venden ropa usada, porque es más barata y no le alcanza para más.

Un día, ya casi a mediodía, se extraña que no haya apareci-
do don Manuel. Abre el local y atiende como puede a los clientes, hasta que un parroquiano le trae la noticia que al dueño lo
han llevado al hospital. Les pide a los hombres que se retiren y
corre al lugar que le indicaron. Cuando llega y pregunta en qué
habitación está, la enfermera le pregunta:

–¿Es usted pariente del señor?

–No, pero soy su ayudante en el negocio.

La enfermera lo mira con desconfianza.

–El señor Manuel ha fallecido esta mañana. Tuvo un ataque
al corazón. Cuando lo trajeron ya no había nada que hacer.

Ante esa noticia, a David se le nubla la vista y tiene que
sentarse. Le traen algunos papeles para que firme.

–¿Te podés hacer cargo del sepelio? –un médico lo vuelve a
la realidad–. Nadie ha venido a reclamarlo. Si no, le avisamos a
la municipalidad y ellos se encargan del entierro.

El joven está en shock y no atina a decir nada. El facultativo da algunas órdenes y llevan el cuerpo de don Manuel a la
morgue.

David vuelve al negocio. ¿Qué debe hacer ahora? El dueño
era don Manuel y él no sabe nada de los números que maneja-
ba, ni de los pedidos, ni de los impuestos, etc.

Se sienta al lado de una mesa y toma su cabeza con ambas
manos. En ese momento golpean la puerta.

–Hoy no atendemos –contesta desde adentro.

Como los golpes continúan, va a abrir dispuesto a correr a
quién sea, pero se encuentra con dos señores, muy bien vestidos, acompañados de un policía.

–Venimos a clausurar el lugar.

David los mira sin entender.

–¿Por qué lo van a clausurar?

–Don Manuel tenía muchas deudas –explica el policía–. Tiene acreedores que le hicieron juicio y van a rematar el negocio. Calculo que eso causó su deceso.

Sin más preámbulos, los hombres entran al lugar y preparan las cintas de clausura.

–Debes irte –le indican al joven–. No puede quedar nadie en el lugar.

David va hasta el fondo del depósito como un sonámbulo. Recoge sus pocas pertenencias, pone su mochila al hombro y se retira caminando muy despacio.

Se encuentra en la misma situación que a sus 13 años. Aunque ahora tiene casi 16, la situación no ha cambiado mucho. Vuelve a su antigua rutina: duerme en la estación y come restos de comida de los basureros.

Pasan dos semanas y ya no puede más. ¿Para qué seguir viviendo así? No tiene sentido seguir luchando. Se dirige a la ruta. Tiene que elegir bien delante de qué vehículo se va a tirar. Quiere matarse, no quiere quedar con vida y maltrecho. Su situación se empeoraría.

Deja pasar varios autos. Espera un vehículo más grande. Cuando divisa un colectivo, se dispone a tirarse delante de él, pero algo lo detiene. Escucha las voces de muchos jóvenes que entonan una de las canciones que su madre sabía cantar cuando él era muy chico.

Se retira hacia un costado y comprueba que el grupo que está cantando está dentro del colectivo. Corre tras ellos hasta que los ve desaparecer en una de las entradas a la ciudad. Los ha perdido de vista. Desilusionado, vuelve a la ruta, pero esta vez duda en suicidarse. ¿Y si sigue el camino del colectivo? Piensa que es posible que encuentre a los jóvenes que pasaron.

Camina decidido, pero al llegar a la parte poblada de la ciudad, no sabe qué rumbo seguir. Se detiene desilusionado y se sienta en el cordón de una vereda. Toma ambas piernas con sus brazos y los acerca al pecho, escondiendo la cabeza entre sus rodillas. Se queda en esa posición hasta que la brisa le trae otra melodía conocida de su madre.

Trata de ubicar de dónde vendrá lo que escucha, pero debe pararse varias veces. Al cambiar el viento, se pierden las voces. Cada vez que le sucede, se queda parado hasta que vuelve la melodía, cada vez más fuerte. Por fin llega al lugar desde donde salen las voces. Mira un cartel arriba de la puerta de entrada que dice: Iglesia Evangélica.

No está en condiciones de entrar al lugar, así que se queda en el pórtico. Cesan las voces y sube a la plataforma un señor bien vestido. Asienta un libro igual al que le diera su madre. Se apresura a buscarlo en la mochila. El predicador lee en San Mateo 11:28: "Venid a mí todos los que estáis trabajados y cargados, y yo os haré descansar". David escucha esas palabras y le llegan al corazón. ¿Habrá alguien capaz de hacerlo descansar? Presta mucha atención. No quiere perder nada de lo que dice el predicador.

—Yo sé que en este lugar hay alguna persona que ya no tiene deseos de vivir. Su carga es demasiado pesada. Pero quiero decirte que todavía tienes esperanza. Dios sabe lo que estás sintiendo. Él sabe tus problemas… y quiere ayudarte. Para eso envió a su Hijo al mundo. No sólo lo envió, sino que también cargó en él tus pecados y los míos. Esa es la carga que ya no puedes soportar: tus pecados. Dios dice en su Palabra que "no hay justo ni aún uno… no hay quién busque a Dios". Ese es tu problema. Hasta ahora no has buscado a la persona correcta que puede aliviarte. Jesús murió por ti y quiere ayudarte. Te está esperando. Sólo tienes que venir a Él…

David al escuchar esas palabras, empieza a llorar.

–¿Por qué nadie me dijo eso antes?

El predicador continúa:

–Puedes venir a Cristo tal como estás. No importa lo que hayas hecho o lo que te hayan hecho. Él quiere salvarte. Simplemente haz esta oración: "Jesús, perdóname. Quiero que alivies mi carga. Te recibo como mi Salvador". Después de un breve silencio, prosigue: Si dijiste eso de todo corazón, yo quisiera orar por ti. Puedes levantar tu mano, o si prefieres, puedes pasar aquí al frente para hablar contigo.

Toda la congregación desvía su vista hacia el pasillo, donde un joven sucio y harapiento, camina llorando hacia la plataforma. Carlos, que es el predicador, desciende y abraza a David. Éste se suelta rápido, incómodo, pensando que le ensuciará su traje impecable, pero Carlos lo vuelve a abrazar y lo lleva hacia una pieza contigua. Allí, el joven, entre llantos y suspiros cuenta parte de su historia. Carlos lo escucha con atención y le pregunta:

–¿Hiciste la oración que repetí en la plataforma?

–No sé si la hice igual que usted, pero le puedo asegurar que la dije de corazón.

–Eso es lo que importa, muchacho. Desde esta noche eres un hijo de Dios –el predicador le lee algunos textos para asegurarle que el Señor lo ha salvado, luego le da algunos consejos.

David no entiende mucho lo que ha pasado, pero siente un alivio muy grande en su interior.

Cuando salen, se acerca una mujer mayor.

—¿Tienes dónde quedarte, muchacho? —le pregunta con mucho amor.

El muchacho mueve su cabeza de lado a lado. La mujer lo toma del brazo.

—Bueno, desde ahora ya tienes un hogar. Te llevaré a mi casa. Me llamo Isolina y tú…

—Me llamo David, señora, pero no quiero ser una molestia.

—¿Quién dice que serás una molestia? Al contrario. ¡Harás compañía a esta vieja que apenas puede sostenerse! —los presentes ríen ante esa ocurrencia.

—Doña Isolina te cuidará muy bien, muchacho —explica don Carlos, que al estar a su lado escuchó la propuesta.

La mujer mayor vence el recelo de David y salen al exterior.

Capítulo 13

David encuentra un hogar

Cuando doña Isolina llega a su hogar y abre la puerta, David se queda admirado de los muebles antiguos que se conservan en muy buen estado. Es una casona con ambientes amplios, pero muy confortables. No es tan lujosa como la que él pasó su infancia, pero tiene tan malos recuerdos de ella, que ésta le resulta mucho más linda.

–Primero que nada te muestro el cuarto que desde ahora va a ser tuyo. –La mujer lo conduce por unos pasillos hasta un amplio dormitorio donde hay una cama con mosquitero colgando desde un gancho y un ropero, cómoda y mesa de luz, que David calcula que son de roble. Al costado de la cama hay dos alfombras preciosas, con dibujos de animales.

–El baño está aquí al lado –sigue explicando doña Isolina–. Primero que nada te das una buena ducha mientras busco algo de ropa de mis hijos cuando eran más chicos. Seguro que te quedarán un poco grandes, pero solucionaremos con eso hasta que te lleve mañana a comprarte ropa a tu medida.

Es tanta la amabilidad de esa mujer que David siente que va a llorar. Nunca nadie, aparte de su madre, lo trató con tanto amor. Le parece increíble lo que está viviendo después de pasar todas las penurias de los últimos años. Disimula su emoción y se dirige al baño.

—Mientras tanto prepararé algo de comer —doña Isolina le habla con voz fuerte para que lo escuche desde el baño.

El joven está embelezado mirando una bañera grande que se encuentra bajo la ducha. Se desviste y se dispone a quitarse la suciedad que se le ha adherido al cuerpo de tanto deambular por las calles y dormir en cualquier lugar que encontraba. Cuando se está duchando, no aguanta la tentación y llena la bañera con agua tibia. ¡Nunca se sintió tan a gusto! Se quedaría allí toda la noche, pero sabe que no es prudente, sale y cuando se está secando, doña Isolina le dice a través de la puerta cerrada.

—Te dejo lo que pude encontrar de mis hijos que puede andarte. La ropa que tenías me la das para lavar —lo más posible es que tenga que tirarla a la basura, pero no se lo dice para no avergonzarlo—. Cuando estés listo, vení a la cocina que ya preparé la cena.

Al llegar David al comedor, ya están servidos los platos. Es la primera vez que comerá comida casera. Aparte de las sobras que comió últimamente, de los sándwiches del bar de don Manuel, y de la comida de rotisería en su casa, solamente con Nacho probó algo bueno, pero también lo preparaba una empleada cocinera.

Doña Isolina aparece de la cocina con una humeante sopera en sus manos.

—Vaya que sos lindo. Me imagino las chicas que andarán tras tuyo —bromea para cortar el asombro del muchacho.

Durante la cena, ya David ha perdido el recelo y conversa animadamente con la dueña de casa. Allí doña Isolina se entera que la madre del joven murió en un incendio, que su hermana sufrió un ataque y que no sabe nada de su padre. David, a su vez, conoce la familia de la mujer que lo acogió en su casa: Tiene dos hijos en el extranjero, su esposo murió de un ataque al corazón y tiene una hija que se fue del hogar y nunca supo más de ella.

–Cuando falleció Samuel –sigue contando la anciana– mis hijos ya tenían trabajo en Australia. Quisieron llevarme, pero yo no quise. ¿Te imaginás vivir en un país que ni siquiera sé el idioma en que hablan? –David sonríe por la ocurrencia–. Además, quise quedarme para poder buscar a mi hija. Ni bien nos dimos cuenta que nos había abandonado, tratamos de comunicarnos con su celular, pero nos daba continuamente apagado. Fue un golpe duro para mi esposo. Era nuestra única hija mujer y la delicia de sus ojos. Al poco tiempo falleció. Ya sufría del corazón, pero creo que la desaparición de Noemí le provocó el infarto.

–¿Su hija se llamaba Noemí?, igual que mi mamá.

–Es un nombre común en el ambiente evangélico –a doña Isolina se le quiebra la voz–. En el caso de mi hija, creo que el nombre de Mara, que significa amargura, y que la Noemí bíblica se cambió al llegar de vuelta a Belén después de la muerte de su esposo e hijos, le hubiera caído muy bien, porque intuyo que debió haber sufrido la desobediencia que cometió. Yo la busqué por todos lados. Vendí el departamento y me trasladé aquí, a Salta, porque las averiguaciones que hice me indicaban que se había venido a esta ciudad. Además, el muchacho con el que se escapó era de aquí. Compré esta casa y la seguí buscando, pero cuando parecía que estaba en una buena pista, ésta desaparecía como el humo. Seguí por bastante tiempo, pero después decidí dejar el problema en las manos del Señor. Tengo la esperanza que algún día podré encontrarla –a esta altura del relato ya está llorando.

David se encuentra incómodo y no sabe qué hacer para ayudarla. Instintivamente se levanta y la abraza, apoyando su mentón en la blanca cabellera de la mujer. Ella se levanta y lo abraza muy fuerte.

–Gracias al Señor que llegaste para hacerme compañía. Esta casona es demasiado grande para vivir sola. –Cuando se repone un poco, le pregunta interesada:– ¿Vas a algún colegio?

–No –responde David–.

-Entonces, mañana mismo te llevaré para que te inscriban en uno que queda bien cerca de aquí. La directora es amiga mía. No puede ser que a tu edad no tengas estudios. Y sospecho que debes ser muy inteligente.

Esa noche David duerme como nunca. Disfruta de las sábanas limpias y suaves y de un colchón confortable. Ya no recuerda el tiempo que pasó desde que tenía una cama así. En su niñez la tenía, pero dormía siempre sobresaltado por todo lo que ocurría en su hogar, y no podía disfrutarla.

Al otro día, doña Isolina cumple lo prometido y lo lleva al centro comercial donde le compra todo lo que necesita y más. Luego pasan por el colegio y la directora con muy buena disposición lo inscribe, anticipándole que, como ya ha comenzado hace dos meses el año lectivo, tendrá que ponerse al día con las tareas anteriores.

David se encuentra tan entusiasmado con esta nueva perspectiva de vida que se dedica de lleno al estudio. También lee todos los días en la Biblia de su madre y trata de ayudar a doña

Isolina en lo que puede. La mujer está tan feliz que parece que hubiera rejuvenecido. Al poco tiempo, el joven solicita el bautismo y eso completa la felicidad de ella.

De a poco se va integrando en el grupo de jóvenes de la iglesia que le brindan contención y amor cristiano. Pasa un poco el tiempo y comienza a participar en algunos devocionales. Para esto han pasado dos años y se ha puesto al día con las materias del colegio. Le falta un año solamente para terminar el secundario.

Se ha formado un estrecho y amoroso vínculo entre la mujer y el joven. Conversan de diversos temas, pero a David no le pasan desapercibidos ciertas coincidencias que surgen de esas charlas.

Un día, mientras almuerzan, el muchacho pregunta:

–Doña Isolina, ¿usted se acuerda cómo se llamaba el hombre que pretendía a su hija?

–¡Como para poder olvidarlo! Se llamaba Fernando.

Ante esa respuesta el corazón de David late furiosamente. Sus sospechas se están confirmando.

–¿Tiene alguna foto de su hija cuando era joven?

–Sí… ya te las traigo –doña Isolina se levanta y al ratito vuelve con un álbum–. Mirá aquí está con sus hermanos; aquí, es cuando se graduó –se detiene porque David llora desconsoladamente. El joven se levanta y la abraza y besa efusivamente.

–Abuela… soy tu nieto… soy el hijo de Noemí –dice entrecortado con lágrimas en sus ojos.

Doña Isolina se separa un poco, desconcertada.

–¿Cómo lo sabés? ¡Por favor, no me hagas ilusionar!

El joven corre y trae la Biblia que le dio su madre antes de irse de su casa. La abre y saca una de las fotos que guardaba adentro.

–Mirá, abuela. Ella es mamá… y esta es su Biblia.

Doña Isolina toma la Biblia y las fotos temblando.

–¡Dios mío! Es la Biblia que le regalamos para sus 15 años. Todavía tiene la dedicatoria que le escribió Samuel. Y estas fotos son del mismo día en que se graduó del colegio –abraza fuertemente a su nieto y los dos lloran a más no poder–. Yo sabía que el Señor contestaría mis oraciones. Cuando te vi aquel día en la iglesia, se movió mi corazón y no dudé en traerte a casa.

–Dios ha sido bueno conmigo, abuela. Desde el primer día, cuando conversamos en la mesa, comencé a sospechar que había muchas coincidencias, pero no me quería ilusionar. Cuando me seguiste contando algunos pormenores de la infancia de mamá, estaba casi seguro que eras mi abuela. Pero no me animaba a preguntarte más, por miedo a ilusionarte y que no fuera así.

Doña Isolina lleva a su nieto a un sillón.

–Por favor, contame algo más de mi hija… ¿Fue feliz? –David baja su rostro. ¿Cómo contarle a su abuela el calvario que pasó su hija? No puede hacer eso.

–La última vez que la vi me dijo que si alguna vez te encontraba, te dijera que te amaba mucho y que había pagado caro su desobediencia.

–¡Pobre hija! Me imagino que habrá sufrido –David piensa "¡Y no sabe cuánto!"–. Cuando se desobedece al Señor siempre se paga caro. No porque Él sea malo, sino porque quiere que nos arrepintamos.

Quedan un rato en silencio, muy abrazados. De repente doña Isolina se levanta muy resuelta.

–Esto tienen que saberlo mis hijos –corre al teléfono y marca un número. Se equivoca varias veces por el temblor de sus manos, cuando lo consigue, se escucha la voz de Jonatán del otro lado.

–¿Pasa algo malo, mamá? Nunca llamás a esta hora.

–No hijo, no… Quiero contarles que encontré a mi nieto, el hijo de Noemí.

Se hace un prolongado silencio.

–¿Estás segura, mamá? ¿No será alguien que quiere aprovecharse?

–No, estoy segura. Tiene su Biblia y las fotos de cuando se graduó Noemí. Estoy segura que David es mi nieto.

–¿David, dijiste? ¿Es el muchacho que vive con vos?

–Sí, hijo, el mismo –y en tono de reproche, prosigue–. Y ustedes desconfiaban porque lo había traído a vivir conmigo.

–Se lo diré a José –Jonatán se ha contagiado del entusiasmo de su madre–. Seguramente vamos a ir a conocerlo. ¡Oh, mamá! ¡Es algo increíble! ¡Tanto que buscaste a Noemí y ahora encontraste a su hijo! ¡Es maravilloso! –sin darle tiempo a doña Isolina para que siga contándole, cuelga el teléfono.

La abuela vuelve donde está su nieto secándose las lágrimas.

–¡Esto hay que festejarlo en grande! Ya mismo voy a hacer una torta, bocaditos, sándwiches, puede ser alguna tarta… así convidamos a toda la iglesia. ¡Es un acontecimiento que merece ser anunciado a los cuatro vientos!

CAPÍTULO 14

En el hospital

Después de todo el relato. David se dirige a su profesor.

—Bueno… ¿Qué más te puedo contar? Vinieron mis tíos, conocí a sus maravillosas familias. Ellos se ofrecieron a pagarme la carrera de medicina. También me regalaron el auto que le habían comprado a mi abuela y que ella nunca usó. Me enseñaron a manejar. Y, ¡aquí estoy!

—Isolina está cada día más contenta y orgullosa de su nieto.

—Yo también estoy orgulloso de ella. Es una mujer maravillosa. Sin saber quién era me llevó a su casa, me cuidó, me mimó, me hizo estudiar. ¡Nunca terminaré de pagarle lo que hizo por mí!

Ha sido una noche de guardia tranquila que les ha dado tiempo para conversar y David pudo contar su vida, con detalles.

Pero como la tranquilidad suele ocurrir solo un rato en un hospital, de repente irrumpe en la sala de médicos una enfermera, desesperada.

—Doctor Carlos, venga enseguida a la guardia. Trajeron una señora y su hija que fueron atropelladas por una camioneta. Ellas iban en bicicleta… —No continúa porque los médicos han salido corriendo hacia la guardia. Ella los sigue con paso ligero.

Ni bien llegan, Carlos sospecha el diagnóstico y ordena a los camilleros que lleven a la niña al quirófano, mientras le dice a David:

—Ocupate de la madre. Creo que no es muy grave lo que tiene. Cualquier cosa, me avisás.

Ambos médicos atienden sus pacientes y luego se encuentran. Mientras se saca los guantes y lava sus manos, Carlos pregunta:

—¿Cómo te fue con la señora?

—No era mucho —contesta David, imitando a su profesor—. Algunas contusiones leves y magulladuras. Le han sacado radiografías. Cuando estén listas, sabremos mejor el cuadro. Cuando salió del estado de *shock* lo primero que preguntó fue por su hija. Le dije que la habías llevado al quirófano y tuve que obligarla a quedarse en la camilla. Quería ir a ver qué le había pasado. La convencí prometiéndole que ni bien tuviera noticias, se las comunicaría. Además le dije que su hija estaba en las mejores manos.

Carlos sonríe ante el halago:

—No me des tanto crédito. Muchas veces murieron mis pacientes. Pero gracias a Dios pudimos parar la hemorragia de la niña. Tiene una herida en el estómago. Calculo que fue el freno del manubrio de la bicicleta que se le incrustó. Pero ya está bien y estable. Sólo tendrá que permanecer en cama varios días. Las criaturas se sobreponen enseguida.

Mientras se dirigen a la sala de médicos, David pregunta:

—¿Cómo sigue Diana?

Carlos demora en contestar.

—Dentro de un rato lo voy a saber. Todavía está inconsciente, pero el director ha ordenado que le saquen el respirador.

Cree que ya ha pasado el tiempo suficiente. Hace ocho meses que está en coma. Hemos probado de todo, pero no reacciona. No sé si soportarán sus pulmones… –se detiene en las explicaciones y da un profundo suspiro. David no hace ningún comentario.

Alrededor de las 10 a.m., en la sala de terapia, dejan entrar solamente al matrimonio Soluaga. Iván observa desde afuera, a través de un vidrio. El médico encargado prepara todo el instrumental necesario y retira el respirador. Todos quedan atónitos cuando ven que en el monitor, las líneas que subían y bajaban se convierten en una sola línea horizontal. Los esposos se abrazan, llorando. Iván se da cuenta que su hermana ha muerto y sale corriendo desesperado del hospital. Gustavo, que lo estaba acompañando, también corre, pero en sentido contrario. Ambos lloran mientras las lágrimas vuelan, mojándoles el cabello.

Al llegar a un parque, Iván se sienta en un banco tomándose la cabeza con ambas manos.

–¿Qué pasa, compañero?

Esa conocida voz femenina lo vuelve a la realidad.

–Mi hermana ha muerto. Creo que no puedo soportarlo. Yo tengo la culpa. ¿Te das cuenta? ¡He matado a Diana!

Laura no dice nada. Sólo le frota la espalda.

–Haría cualquier cosa para aliviar este dolor –Iván llora sin consuelo.

–Ya sabés cómo aliviarte –su ex compañera le recuerda–. Buscá algo de dinero y pedile un poco de merca a Cuchilla.

Iván se niega, y Laura agrega.

–Él también recibe algunas cosas a cambio de mercadería. Tu reloj puede servir –dándole esa sugerencia, la joven se aleja.

Pasa más de una hora y el joven sigue en la misma posición. De vez en cuando mira su reloj y recuerda las últimas palabras de Laura. "No, no lo haré, se lo prometí a Gustavo y David… no puedo fallarles". Pero la angustia puede más y se dirige al barrio que visitara hace unos meses atrás. Sube las escaleras y, como siempre, está el famoso Cuchilla, detrás de una mesa.

—Mirá a quién tenemos acá. Hace mucho que no venías. ¿Esta vez trajiste plata?

Iván, cohibido, se saca el reloj.

—Me dijo Laura que esto también puede servir.

Cuchilla toma la prenda, lo examina bien.

—Por esto te puedo dar un solo sobre. Este reloj no es de muy buena calidad.

—Está bien.

Recibe el sobre y se da vuelta para irse.

—Espera… —lo detiene el vendedor—. Si vas a consumir, andá a la otra habitación. Si lo hacés afuera, podrías comprometerme.

—No lo voy a aspirar ahora. Mi hermana ha muerto y no quiero estar perdido en su velorio y entierro —ante esa explicación, Cuchilla le hace señas que se vaya.

—Lo siento mucho —su voz suena más a irónica que a sentida.

Iván sale, guarda el sobre en el bolsillo y muy lentamente se dirige a su hogar. Se imagina que estará lleno de gente y tendrá que soportar a sus padres llorando y los demás dándole el pésame. Eso no lo entusiasma para nada, pero es algo que debe enfrentar.

Cuando va llegando, no ve ningún movimiento distinto. Abre la puerta y en vez de encontrar a sus padres llorando, éstos lo reciben con una amplia sonrisa. No entiende nada. Los mira, interrogándolos.

—Diana al fin reaccionó. Gracias al Señor su corazón aguantó —explica Carlos muy contento.

—Pero, cuando me fui la raya del monitor estaba plana y sonaba un *beep*.

—Sí, fue por unos pocos segundos. Pero gracias a Dios, reaccionó. ¡Está viva! Ahora tenemos más esperanzas.

Iván llora y besa a sus padres. Significa que toda su aflicción fue en vano. ¡Menos mal que no volvió a consumir!

Se dirige a contarle la noticia a Gustavo. Sabe que él, más que nadie, se va a alegrar de la noticia. Últimamente estuvo pendiente de cada detalle de lo que le pasaba a su hermana. Cuando el monitor mostró la línea recta, ambos estaban mirando y salieron corriendo en distintas direcciones.

—Diana no murió. Su corazón se detuvo por un momento, pero después reaccionó.

Gustavo tiene los ojos inflamados de tanto llorar. Ante la noticia, abraza a su amigo.

—El Señor escuchó mis oraciones. ¡Gracias Dios mío!

—Pero hay otra cosa que quiero contarte —Iván baja el rostro, avergonzado—, tenía tal desesperación que volví a comprar droga.

—¡Por favor! Me prometiste…

—Sí, ya sé… —lo interrumpe su amigo—. Pero no pude contenerme pensando que Diana había muerto, y por culpa mía.

—Pero, ¿lo hiciste?

—No, quería estar sobrio en el velorio y entierro de mi hermana. ¡Qué ironía! Yo desesperado pensando que había muerto, y ella viva y respirando por su cuenta.

–¿Y qué hiciste con la droga?

–La guardé en la mesita de luz.

–¡Tenés que destruirla! ¡Es una tentación que no debe estar a tu alcance! Andá y tirala al inodoro, enterrala, no sé, cualquier cosa, pero deshacete de ella.

–Sí, es lo mejor. ¡Gracias amigo!

–Yo también estaba destrozado. Estoy enamorado de Diana desde siempre. Y se me habían acabado las esperanzas. Pero vine y me arrodillé a orar para que el Señor me sostuviera en este trance. Y ahora lo único que me queda es agradecerle.

–Admiro tu entereza.

–Las fuerzas no son mías. El Señor me sostiene. Y Él te puede sostener y consolar a vos también. Eso lo sabés.

Iván asiente y palmea a su amigo.

Como le han sacado el respirador y Diana sigue estable, los especialistas deciden hacerle una resonancia para saber, a ciencia cierta, qué daños le ocasionó el accidente.

La llevan en la camilla a la sala correspondiente, y al volver Carlos los está esperando ansioso.

–¿Cómo está mi hija?

El traumatólogo le hace señas con el dedo en la boca para que haga silencio y lo lleva hacia afuera.

–No hay que hablar cerca de ella, porque creo que puede escuchar.

–¿Quiere decir que salió del coma?

–No estoy seguro, pero así parece. No reacciona porque no tiene el estímulo que necesita. Como eso por lo general es afectivo, sería conveniente que ustedes le hablaran.

—¡Es una hermosa noticia! —Carlos no puede disimular su alegría.

—Hay algo que quiero decirte, y no es bueno… —su colega lo mira sorprendido—. Si Diana reacciona, tendrá que andar en silla de ruedas.

Carlos se tapa la boca para no gritar mientras comienza a llorar como un niño.

—¡No puede ser! ¿Estás seguro? ¿No hay posibilidad de alguna operación?

El especialista mueve la cabeza en forma negativa.

—Tiene separada la cadera de la columna, y eso es irreversible.

David, que hasta ese momento ha permanecido escuchando, interviene.

—Debe ser así, Carlos. Recordá que cuando la levantamos en el cerro tenía las piernas hacia atrás. Esa posición es imposible teniendo bien la cadera —el joven médico también llora su angustia.

Su colega no contesta y entra nuevamente a terapia. Se sienta en la cama de su hija y le habla muy despacio.

—Hijita querida, soy papá. Por favor, reaccioná. Te necesitamos en casa —sigue hablando un rato más, pero Diana permanece inmóvil.

Carlos se dirige a su hogar. Su esposa lo está esperando, ansiosa. Por la cara de su esposo, se da cuenta que ha sucedido algo malo. Lo abraza y lo acompaña en silencio hasta un sillón. Cuando el médico se calma un poco, le da la mala noticia. Inés esconde su cara en el hombro de su esposo y llora.

—Señor, ¿qué más nos vas a mandar? —es una pregunta que no tiene contestación.

—También me dijeron que Diana posiblemente escuche, porque ha salido del coma.

Inés levanta su cabeza, incrédula.

—Pero entonces, ¿por qué no despierta?

—Necesita estímulo. Yo le estuve hablando un rato, pero no dio resultado. Tenemos que encontrar algún motivo que llegue a su mente y corazón, pero no sé qué puede ser…

En ese momento llega Iván de la universidad y le cuentan las novedades. El joven corre a su habitación y se tira boca abajo en la cama. Muerde la almohada con desesperación.

—No puede ser. Dios mío, no puede ser… Diana no, Señor. Ella no, por favor.

Sigue en esa posición por un rato y se levanta de golpe, abre el cajón de su mesa de noche y saca el sobre blanco que dejó hace tiempo. Sale, sin decir nada.

C A P Í T U L O 15

Carlos reconoce su soberbia

CARLOS MIRA EL VIDEO DEL TRIUNFO DE DIANA EN MAR DEL Plata, mientras caen por su rostro surcos de lágrimas. Inés viene y se sienta a su lado.

—No te castigues más. Ya pasaste ese video más de diez veces. ¿Hasta cuándo te vas a torturar?

—No puedo evitarlo. Cuando veo con qué armonía se movía… —se detiene un momento. Escucha los aplausos, se toma la cabeza entre las manos y exclama—. No puedo imaginarme a Diana en silla de ruedas. ¡No! ¡No puede ser! ¡Esto no puede estar sucediendo!

Inés lo abraza y apoya su cabeza en el hombro de él.

—Por favor, tenés que aceptarlo. Si no lo hacés, no tendrás paz.

Carlos niega con su cabeza y sin importarle su hombría, que siempre fue su orgullo, sigue llorando sin consuelo.

Inés lo acompaña en el llanto, pero mucho más calmada.

—Quiero que pensés si estás llorando por Diana o por vos.

Carlos levanta su cabeza y mira a su esposa como desconociéndola.

—¿Por qué me decís algo así?

Como su esposo ya ha levantado la voz, ella prosigue hablando pausadamente.

—No te enojes, por favor, pero quisiera que analices bien qué es lo que más te duele: Si la parálisis de Diana o que ya no podrás lucirte con sus triunfos —se calla, esperando la reacción habitual de enojo o ira, pero se asombra ante la actitud de Carlos.

—Por favor, decime lo que estás pensando…

—¿Alguna vez le preguntaste a Diana si quería competir?

—Pero si a ella le encantaba el patinaje.

—Como deporte sí, pero sufría en las competencias.

—Tenía los nervios propios de esa responsabilidad.

—Puede ser, pero no era feliz como cuando jugaba con sus amigas en el gimnasio. Allí sí se divertía y reía haciendo piruetas. Hasta el día que la profesora te dijo que era muy buena y que sería una excelente competidora.

—Pero ella estuvo de acuerdo.

—Porque vio tu entusiasmo, y no sabía todo lo que se le venía con los entrenamientos.

Carlos vuelve a mirar el suelo, reflexionando. Inés ora en silencio, rogándole al Señor que le dé las palabras adecuadas para no despertar su enojo.

—¿Alguna vez te diste cuenta que cuando volvía de las competencias, lo primero que preguntaba era qué habías dicho de su actuación?

—Era lógico, soy su padre.

—Sí, pero lo único que le importaba era tu aprobación.

—Era mi orgullo.

—Sí, y te llenabas la boca hablando de sus triunfos. Sin darte cuenta que a Diana le costaba muchísimo sus seis horas diarias de entrenamiento… y luego, venir a estudiar. A veces se acostaba muy tarde y al otro día casi no se podía levantar. No te dabas cuenta porque ya te habías ido al hospital.

–¿Por qué no me dijiste todo esto antes?

–¿Me hubieras escuchado? Cada vez que quería decirte algo sobre Diana o Iván, te retirabas con el pretexto de que estabas muy cansado de tu trabajo. Siempre habías tenido un día muy duro.

Carlos sigue mirando el piso por un rato. Saca un pañuelo de su bolsillo y seca sus lágrimas. Luego se reclina en el sillón. Inés le deposita un pequeño beso en la mejilla y se retira hacia la cocina orando en silencio para que el Señor lo haga reflexionar.

El hombre queda un rato recostado en el sillón y luego se levanta y se dirige a su escritorio. Abre uno de los cajones y saca su Biblia con el cuaderno de apuntes. Busca el sermón sobre la soberbia que predicó en la iglesia y comienza a leer los pasajes que anotó: "¿Será posible que haya predicado todo esto sin aplicarlo a mi vida?" Se le humedecen nuevamente los ojos: "¡Por favor, Señor! Te pido como tu siervo David en la antigüedad: Castígame a mí y no a mi hija. Ella no hizo nada. Solamente quería complacerme". Su voz se torna en ruego: "Oh, Señor, qué necio fui. Siempre me llené la boca hablando de mi familia, pero solamente para que todos vieran lo buen padre y esposo que me creía" –sonríe sarcásticamente–. "¡Buen padre! Mirá donde fue a parar el buen padre... ¿Y como esposo? Recién esta noche me di cuenta cuánto amedrento a Inés. Se le cortaba la voz al reprocharme. Seguramente pensaba que iba a reaccionar como siempre, a los gritos, para demostrar quién era el que mandaba en esta casa". Se pasa ambas manos por el cabello, despeinándose– "¡Dios mío! ¡Perdóname… perdóname! Y ayúdame a cambiar, a ser buen padre y buen esposo, como tú lo mandas. ¡Qué gran lección me has dado, Padre! Que la pueda aprender y aplicar. Te lo ruego, Señor. Ayúdame, porque sólo no podré. Dame la humildad de Cristo". Sigue repitiendo esa súplica hasta que reacciona, acordándose de algo.

Se levanta, se pone el abrigo y una bufanda y sale a la calle. Inés, al escuchar la puerta, va a ver quién es y se sorprende al comprobar que es su esposo que se aleja, a paso ligero.

–¿A dónde ira a esta hora? –Mira el reloj, es más de medianoche. Recuerda algo, se dirige hasta el dormitorio de su hijo y ve que Iván todavía no ha vuelto. Se pregunta "¿Dónde estará?", toma el celular y llama a la casa de Gustavo. Alguien atiende, bostezando.

–¿Quién es?

–Priscila, soy yo, Inés. ¿Está Gustavo en casa?

–Llegó hace un rato. Debe estar durmiendo. Un momento que voy a ver… –luego de unos instantes, contesta:– Sí, Inés, mi hijo está durmiendo. ¿Qué sucede?

–No te preocupes… Iván no ha vuelto todavía y pensé que estaba en tu casa. Gracias por atenderme y perdoname por haberte despertado –Inés apaga el celular y queda pensativa–. "Espero que vuelva antes que Carlos, porque si no, seguro que lo castiga. Y esta vez no sé qué le puede hacer. Está tan nervioso por Diana, es impredecible cómo puede reaccionar".

Como sabe que si se acuesta, no va a poder dormir, toma un tejido que tiene a mano y comienza a tejer, sin prestar mucha atención a su trabajo. Su mente está en otro lado. Se equivoca varias veces y decide dejarlo. Se queda quieta, orando y orando al Señor. No sabe qué va a pasar, pero tiene un nudo en la garganta que casi no la deja respirar.

De repente se abre la puerta de calle y entra Iván, muy sonriente y danzando. Toma a su madre de la cintura y baila con ella. Inés no entiende el estado de ánimo de su hijo:

–¿Qué te pasa Iván?

Por toda respuesta, el joven la suelta y sigue dando pasos de vals dirigiéndose a su dormitorio. Su madre lo sigue y ve que se tira boca abajo sobre la cama, sin desvestirse. Queda muy quieto, como si estuviera dormido. Inés no entiende nada, pero instintivamente lo desviste, le saca el calzado y lo tapa con las frazadas. Justo a tiempo cuando llega su esposo.

–¿A dónde fuiste a esta hora de la noche?

–A la casa de Daniel –contesta Carlos mientras se saca la bufanda y el abrigo–. Esta noche me di cuenta que no soy digno de estar como anciano de la iglesia. Le pedí a mi colega que me suplantaran. Me dijo que tenía que hablar con Tomás y los demás.

Por toda respuesta, Inés lo abraza. Quedan en esa posición por un rato. La esposa duda en decirle cómo vio llegar a Iván. No quiere cargar con más problemas a su esposo. Esperará otro momento para contarle.

Los días se suceden sin ningún cambio. Diana no reacciona. Iván pasa todas las mañanas por el hospital, mira a su hermana por el vidrio y sigue. A veces va a la universidad y otras, cuando se encuentra deprimido, va a comprar estupefacientes. Como no tiene dinero, ya ha entregado todo lo que tenía de valor. Vuelve el problema de los dolores de estómago y los calambres. Cada día necesita dosis más fuertes.

Gustavo se ha dado cuenta de lo que le pasa a su amigo y lo comenta con David.

–Iván ha vuelto a consumir…

David lo mira y suspira.

–Si él no reconoce su problema y busca ayuda, nosotros no podemos sino orar, para que el Señor lo toque antes que llegue al fondo.

Hace dos días que Iván no consume y se retuerce en la cama de dolor. Su madre ha ido al hospital. Está desesperado. Va hasta la cocina y busca algo que pueda calmarlo. Revisando las conservas, descubre un sobre con el sueldo de su padre. No mide las consecuencias. Lo saca y corre al barrio que tanto ha visitado últimamente.

Cuando sus padres regresan y no lo encuentran, llaman a la casa de Gustavo.

–¿Está Iván con vos…? No está en casa y ya es muy tarde.

Gustavo razona esas palabras y calcula la respuesta, pero se calla.

–A lo mejor se quedó a estudiar con algún compañero –sabe que posiblemente no sea así, pero no quiere anticiparse–. Veré si lo encuentro.

Se pone un abrigo y se dirige al barrio donde calcula que se encuentra su amigo. Cuando llega a la casa semi derrumbada, sube las escaleras y se encuentra con la sorpresa que todo está vacío. No está Cuchilla, ni ninguno de sus secuaces. Esto le resulta muy raro. Cuando se dispone a bajar las escaleras, escucha un quejido en la pieza contigua. Se asoma y ve a Iván, tirado en el suelo, inmóvil. Corre para despertarlo, pero no lo consigue. Lo zamarrea varias veces, sin respuesta. Temiendo lo peor, toma el celular y llama a Carlos.

–Por favor, doctor, venga enseguida. Encontré a Iván, pero está inconsciente –solo le indica el lugar, sin precisar más detalles.

El médico llama al hospital.

–Que venga urgente la ambulancia con un camillero. Pásenme a buscar. Mi hijo parece que ha tenido un accidente.

David está cerca y escucha el llamado. Corre a la ambulancia y en un momento llegan al domicilio de Carlos. Éste los está esperando en la vereda. Sube e indica al chofer adónde ir.

–¿Está seguro doctor que le dieron bien la dirección? –pregunta el conductor, mientras intercambia una mirada con David.

El médico asiente. Ponen la sirena y se dirigen al lugar. Cuando llegan al barrio, Carlos mira hacia todos lados.

–No puede ser que Gustavo haya encontrado a mi hijo aquí.

–Ahí está… –David divisa al muchacho que les hace señas desde la vereda.

Sin explicaciones, sube las escaleras. Los demás lo siguen, mirando hacia todos lados. Es deprimente todo lo que se les presenta a la vista. Entran a la pieza a oscuras y Gustavo alumbra con su celular y les señala a su amigo, tirado en el piso.

Por el olor en el ambiente, Carlos no necesita más explicaciones. Levanta a su hijo, ayudado por el camillero y lo conducen a la ambulancia.

–Es una sobredosis –habla muy despacio, temiendo él mismo sus palabras. Gustavo y David se miran callando la respuesta.

Lo internan en la misma pieza donde estuvo la primera vez y lo atan, para ponerle la medicación. Todavía respira, aunque de manera entrecortada. David corre a buscar al especialista.

–Es el hijo del doctor Carlos. Tiene una sobredosis –explica el joven médico mientras corren hacia el lugar.

El especialista lo revisa y ordena.

–Desátenlo. Hay que llevarlo a terapia, casi no tiene pulsaciones.

Hacen lo ordenado rápidamente. Carlos está en tal condición que no atina a nada. Su mirada se pierde en el cuerpo de su hijo. "¿Cómo llegó a esto? ¿Desde cuándo consume y no lo advertí?" Se acumulan las preguntas en su mente. Mira cómo le hacen un lavado de estómago, le ponen sondas, y otros elementos, y no se mueve del lugar.

Cuando logran estabilizarlo, el especialista vuelve a ordenar.

–Pueden llevarlo a la pieza. Cuando despierte, comenzará a gritar y no puede quedar en terapia.

Los camilleros y enfermeras obedecen en silencio.

–Andá a descansar –le dice David al padre–. Yo me quedaré. Cualquier novedad, te aviso.

Gustavo acompaña a Carlos hasta su casa. Inés los espera impaciente.

–¿Dónde está Iván?

El joven se retira en silencio y el esposo se tira en un sillón. Inés no entiende nada.

–¿Qué pasó? ¡Por favor, decime algo…!

Carlos abraza a su esposa que se ha sentado a su lado y en pocas palabras le explica la situación. Ella llora, pero algo malo sospechaba de su hijo. Todos los días volvía somnoliento. Casi no hablaba. A veces se reía sin motivo. Hacía cosas sin sentido…

–Lo que no sé de dónde habrá conseguido el dinero para consumir estupefacientes. Eso no es barato –Carlos llora sin fuerzas. La situación lo ha desbordado.

Sin decir nada, Inés va al dormitorio de Iván. Empieza a revisar sus cosas y se da cuenta que faltan muchas, especialmente las de más valor. No le dirá nada a su esposo por el momento.

Al otro día, cuando busca dinero para hacer las compras, encuentra el recipiente vacío. No le hace falta mucho para saber qué pasó. "¡Dios mío! ¿Hasta llegó a eso?" Esto no lo puede esconder a su esposo. Llama al hospital.

—Por favor, dígale al doctor Carlos Soluaga si puede venir a casa… —la recepcionista reacciona extrañada.

—¿Pasó algo malo, señora?

—Haga lo que le pido, por favor, señorita —no quiere dar más explicaciones.

Carlos sospecha algo malo porque nunca su esposa lo ha llamado para que abandone su trabajo. Cuando llega a su hogar, Inés lo pone al tanto de lo ocurrido.

—Ahora me doy cuenta lo que estuvo haciendo a nuestras espaldas. Pero, ¿cómo no lo advertí antes? Siendo médico tendría que haberme dado cuenta —se reprocha llorando con sus puños cerrados sobre su boca.

—¿Qué vamos a hacer ahora?

—Iván está controlado. El doctor Martínez ha sacado adelante a muchos jóvenes en ese estado.

—Eso está bien, pero ¿de dónde sacaremos dinero para los gastos? Nuestro hijo se llevó tu sueldo.

Carlos está tan abatido que no alcanza a reaccionar.

—Veré si algún colega me puede prestar o tendremos que usar las tarjetas de crédito.

—¡Se llevó el sueldo completo! —Inés se da cuenta que no vale la pena hacerse problema antes de tiempo.

–Bueno el Señor proveerá –piensa en las compras inmediatas y va en busca de una tarjeta de crédito. Hasta ahora se han negado a usarla, pero dadas las circunstancias, no le queda más remedio.

Carlos regresa al hospital. Camina con la mirada fija, como un autómata. David se acerca y pone un brazo en su hombro sin decir nada.

–Iván robó mi sueldo. Con eso compró la droga que casi le cuesta la vida. Ahora no sé cómo vamos a llegar a fin de mes…

–Yo te puedo prestar dinero para que resuelvas momentáneamente tu problema.

El profesor mira a su alumno.

–¿Te das cuenta lo que estás diciendo? ¡Es todo mi sueldo!

–Ya lo sé, pero gracias a Dios mis tíos me giran todos los meses y he podido ahorrar. Esperaba el momento que el Señor me indicara cómo utilizar ese dinero y ahora creo que es un buen motivo.

Carlos lo abraza efusivamente.

–¡Gracias, David, gracias!

C A P Í T U L O 16

Un milagro esperado

IVÁN PASA MOMENTOS TERRIBLES. LA FALTA DE DROGA LO PONE insoportable. Permanece atado y medicado, pero sufre tremendos dolores y calambres. En esos momentos se arrepiente de haber consumido y lo consuela saber que lo encontraron a tiempo. ¿Qué hubiera sido de él si Gustavo no hubiera ido? Ahora se da cuenta que su amigo sabía perfectamente lo que él estaba haciendo, pero se mantuvo al margen. Era inútil tratar de convencerlo. En ese momento de crisis, por primera vez después de mucho tiempo, ora al Señor:

—Por favor, Señor… dame fuerzas para salir de esto. Y también la voluntad necesaria para no volver a hacerlo. Perdóname por no haber confiado en ti. Ayuda a Diana. Soy culpable de lo que le pasa. Pero yo sé que tú puedes hacer un milagro. ¡Por favor, Señor, aunque no lo merezco, escucha mi oración!

Poco a poco se va calmando. Aunque los dolores siguen, ahora son más llevaderos.

Pasan tres meses y el especialista decide desatarlo.

—Creo que ya no es necesario que estés inmovilizado. ¿Cómo te sientes? —Iván se frota ambos brazos.

—Mucho mejor, doctor. Gracias por su paciencia.

–Desgraciadamente no sos el primero que viene en ese estado. ¡Menos mal que te encontraron a tiempo! Si no…

–No hace falta que siga, doctor. Me imagino que estaría a dos metros bajo tierra.

El médico afirma con su rostro y sonriendo.

–Ahora te vas a dar un baño y vas a empezar a comer algo más sustancioso. Estás demasiado flaco. Tendrás que tomar algunas vitaminas –lo ayuda a pararse y lo sostiene hasta el baño.

Iván siente que ha regresado de la muerte.

–¿Ya reaccionó mi hermana? ¿Puedo ir a verla?

–Todavía no… Estás muy débil y no aguantarás solo siquiera estar parado. Tu hermana sigue igual. Todos tenemos la esperanza que salga de esta situación. Por los estudios sabemos que puede escuchar, pero hasta ahora no se mueve. Tampoco abre los ojos. Es un misterio que nos tiene desconcertados.

–Ni bien me reponga, quiero ir a verla.

–Está bien, pero por ahora, volvé a tu cama –cuando va saliendo, agrega–. De más está advertirte que no te vayas a escapar.

Después de todo lo que ha sufrido, se promete a sí mismo y al Señor, no volver nunca a consumir estupefacientes.

Cuando se ha repuesto un poco, consigue el permiso del médico para ver a Diana. Llega hasta terapia y la mira a través del vidrio. La están higienizando. Aguarda que se vayan las enfermeras y entra. Se sienta en la cama y le habla muy despacio.

–Hermanita del alma… ¡Perdoname! No fue mi intención que te pasara esto –le sigue hablando. Entra una enfermera y mira que las líneas del monitor se mueven con más intensidad.

–Ya me voy –se disculpa Iván.

–¡No, seguile hablando! Voy a buscar al doctor –la enfermera sale y vuelve con el facultativo– ¡Mire… Está reaccionando!

El médico le toma el pulso.

–Seguile hablando, muchacho. Eso es lo que le hacía falta a tu hermana.

Desconcertado, pero con una nueva ilusión, Iván continúa. Con solo pensar que Diana puede reaccionar, su voz se le quiebra. A esta altura ya se han enterado su padre y David que vinieron corriendo.

–¡No puedo creerlo! –Carlos mira el monitor y abraza a su alumno.

Iván casi no puede hablar de la emoción.

–Seguí hijo, por favor… Seguí.

De repente, ven que Diana levanta un brazo y pasa su mano por el cabello del hermano. Iván toma su brazo y la besa repetidas veces.

–¡Hermanita del alma, volvé, te necesitamos!

Ella baja su brazo y queda de nuevo inmóvil. Iván mira al médico desconcertado.

–Por hoy es demasiado –le indica el facultativo–. Tenés que venir todos los días. Creo que esto será la solución.

Las enfermeras, camilleros y personal del hospital que han invadido la sala de terapia, saltan de alegría. Carlos y David abrazan a Iván.

–¡Gracias, hijo! Nunca hubiera imaginado que lo que necesitaba Diana era oír tu voz. ¿No habías venido antes?

–Siempre la veía por el vidrio. No me animaba a entrar.

–Se lo tengo que contar a tu madre –toma el celular y llama–. Inés, nuestra hija está reaccionando. Iván le habló y ella levantó la mano. El monitor demuestra que está saliendo del coma –se calla un momento–. Sí, ya mismo te mando un móvil para traerte, para que compruebes el milagro.

–Yo la busco en mi auto –se ofrece David, gentilmente.

–Ahí va un amigo a buscarte.

Desde ese día, Iván va siempre a hablarle a su hermana. Como todavía a él no le han dado el alta, simplemente camina hasta terapia. Cada vez se cansa y agita menos. Diana va reaccionando de a poco. Carlos acompaña siempre a su hijo. Quiere comprobar los adelantos de su hija.

Una mañana la joven empieza a balbucear.

–I…ván… ¿Es…tás a…quí?

–Sí, hermanita, aquí estoy –toma la mano de su hermana y la besa repetidas veces.

–¿Y pa…pá y mamá?

–Aquí estamos, hijita –ambos padres se acercan a la cama.

Diana abre los ojos.

–¿Por qué no pren…den la luz? Está todo oscu…ro.

Carlos mira con desesperación al oftalmólogo. Éste se acerca y alumbra los ojos de la joven con una linterna.

–¿Ves esta luz?

–¿Qué luz, doc...tor?

El especialista gira y mira a su colega.

–Es lo que me temía –le hace señas que haga silencio y lo saca fuera de la sala–. La infección que tuvo fue muy grande. Me temía que le hubiera afectado el nervio óptico. Ahora que ha reaccionado, le haré otros estudios. Espero que tengamos suerte –dice esto último no muy convencido.

–¡Paralítica y ciega! No… Dios mío. Esto no puede estar

pasando —Carlos se tapa los ojos y su cuerpo se convulsiona por el llanto.

—No debes transmitirle tu preocupación. Sería peor.

El padre vuelve a terapia y se sorprende cuando escucha a su hija.

—Ahora sí que vas a tener trabajo, hermanito. Estoy ciega y paralítica —está aferrada a la mano de Iván, pero sonriente.

—¿Cómo podés saber que estás paralítica?

A esta altura, la joven habla correctamente.

—Yo escuchaba todo. Un médico le dijo a papá que no había esperanzas que pudiera volver a caminar. Escuchaba y quería moverme, pero no podía. Recién cuando viniste vos, mi esfuerzo dio resultado —Iván llora y las lágrimas mojan la mano de Diana—. No llores, hermanito. Todo lo que me sucede está en las manos del Señor. Él sabrá por qué es todo esto.

Inés y su esposo escuchan estas palabras y se les parte el corazón. ¿Cómo puede ser que sabiendo lo que le pasa, todavía su hija siga con la fe que siempre tuvo? ¡Es increíble! Ellos no lo pueden soportar y ella lo acepta sin protestar.

El médico llama a Iván aparte.

—Cuando la levantes debés tener cuidado ya que, por tanto estar en cama, tiene la piel muy sensible. Y como no siente sus piernas, ella no se dará cuenta si se lastima. Y cualquier llaga puede infectarse y traer complicaciones.

El joven acepta la sugerencia y vuelve con su hermana.

—Mañana mismo te voy a llevar a dar un paseo por el parque.

A Diana se le ilumina el rostro.

—¡Por fin voy a sentir el aire en mi cara! ¿En qué mes estamos?

—Octubre.

–Entonces hace calor.

–Bastante…

–Mamá… Me tenés que traer ropa. Aquí lo único que tengo es esta bata. Y no creo que esté muy elegante para ir de paseo así –ríe ante su propia ocurrencia. Los demás apenas hacen una mueca parecida a una sonrisa–. ¡Por favor! No quiero que sufran por mí. Yo me siento bien.

Al otro día David llega con una silla de ruedas.

–La compré para Diana –le dice a Iván que se prepara para levantar a su hermana–. Es más cómoda y es acolchada, para que no se lastime la piel.

–Gracias, David –Diana trata de ayudar a su hermano a levantarla.

–¿Cómo supiste que era yo? –el joven médico está asombrado.

–Por tu voz, y también porque tenés un perfume muy especial.

–¿Agradable o feo?

La joven ríe mientras Iván la sienta muy delicadamente en su nueva silla.

–Eso me lo reservo.

–¡No vale! –David sigue la broma–. Quiero saber si te gusta. Si no, lo cambio.

–No lo hagas porque debe ser muy caro.

Iván sale y afuera está parte del personal, ansioso por verla levantada. Sin entender cómo, Diana lo percibe.

–Háganse a un lado. El lacayo necesita espacio para llevar a la princesa a dar un paseo.

Cuando los hermanos se alejan, una enfermera comenta.

–¿Cómo supo que estábamos aquí? ¿Será cierto que no puede ver?

Los demás la taladran con la vista.

–¿No te das cuenta que los ciegos tienen otros sentidos aguzados? Diana seguramente percibió nuestra presencia.

Se dispersan a sus respectivas tareas.

Iván llega al patio del hospital.

–¿Querés que te pasee o preferís escuchar los pájaros y el ruido de la calle?

–Quiero que me lleves al parque.

–¿Al parque? ¿No te parece que es demasiado pronto? Todavía estás muy débil y David me recomendó que por el momento no te dejara mucho tiempo sentada.

–Está bien –Diana se resigna–. Pero prometeme que cuando me den permiso, me llevarás a pasear por el parque.

–Prometido.

A partir de ese día, los paseos se alargan un tiempo más. La joven va perdiendo su palidez y saluda a cada uno por su nombre. Todos le demuestran el cariño que le tienen.

En la casa del matrimonio Soluaga preparan con mucho entusiasmo el dormitorio de Diana. Dentro de poco le darán el alta y podrá volver a su hogar. Carlos despeja el comedor, la cocina y cada lugar donde supone que andará su hija, para que pueda desplazarse en su silla de ruedas.

Iván está en su dormitorio, tratando de estudiar. Después de un rato, se levanta y va a tomar un refresco a la cocina.

–Por más que leo y releo no me acuerdo de nada –le comenta a su madre–. No puedo retener ni un poco de las lecciones.

Inés mira a su esposo, pidiéndole una explicación.

—Es consecuencia de lo que consumiste. La droga mata las neuronas.

—¿Quiere decir que ya no podré seguir mi carrera?

—No lo sé. Solamente te digo lo que estudié en la facultad. Yo no me especialicé en casos como el tuyo. Tendrás que preguntarle a Daniel que te atendió.

A Iván se le llenan los ojos de lágrimas y camina cabizbajo al dormitorio.

Mientras tanto, en la casona donde viven David y su abuela, comentan la mejoría de Diana.

—Decime la verdad, hijo… ¿estás enamorado de esa chica?

—No te lo puedo negar, abuela. Siempre me atrajo, pero ahora que la veo cómo ha reaccionado ante su desgracia, te aseguro que la amo más que nunca.

—Siempre lo sospeché, porque cuando hablabas de ella, se te iluminaban los ojos. ¿Cuándo se lo dirás?

—Creo que nunca… —abraza desde atrás a Isolina que está sentada en una silla del comedor y apoya su mentón en la cabeza blanca de canas.

—¿Por qué decís eso? ¡Quién te dice que ella te corresponda!

—No lo creo, abuela. Además… —se detiene, al darse cuenta que va a cometer una indiscreción. Isolina no sabe su enfermedad. Él se lo ha ocultado para no hacerla sufrir.

—¿Además, qué…?

David quisiera decirle: "Además no viviré para decírselo", pero se contiene.

—Creo que está enamorada de otro muchacho. No soportaría ser rechazado.

Su abuela palmea sus brazos. El joven la suelta y viene a sentarse al frente de ella.

–Quisiera pedirte algo… –Isolina lo mira intrigada–. Quiero volver al pueblo de mi niñez.

–¿Por qué a ese lugar que te trae tan feos recuerdos?

–No quiero volver para vivir allá. Pero me gustaría saber qué fue de mi amigo Nacho.

–Si es así, ¿cuál es el problema?

–Tendría que ir por varios días. Y me llevaría el auto.

–¿Y…?

–No tendrás quién te lleve a la iglesia.

–¡Oh, David, eso no es problema! Llamo un taxi y listo.

–Gracias, abuela. Nunca terminaré de agradecer lo que hacés por mí. Sos tan buena –abraza nuevamente a Isolina que le corresponde emocionada.

C A P Í T U L O 17

Vínculos indisolubles

DAVID PARA SU AUTO FRENTE A LA CASA DE NACHO. NADA ha cambiado. Los jardines, muy bien cuidados. Los ventanales con vidrios de colores. La verja de hierro con sensores. La escalinata de entrada impecable. El joven mira todo aquello que le trae recuerdos lindos y feos, pero que el tiempo no ha podido borrar.

Golpea el portón de entrada y se escucha una voz.

–¿Quién es? ¿A quién busca?

El muchacho se acerca al portero eléctrico.

–Soy David Saldívar. Estoy buscando a Nacho.

–El señor Santiago está en la bodega.

–Gracias. –"Tendría que haber preguntado por Santiago. Ahora ya no debe usar su apodo de niño. Qué estúpido soy… pero, ¿qué hará en la bodega?" No quiere pensar que sigue con la misma práctica que tuvieron ambos de chicos.

Como la bodega queda cerca, decide ir caminando. Cuando llega se da cuenta que el portero no es el de antes. Tendrá que volver a explicar lo mismo.

–Busco al señor Santiago –no quiere cometer la misma torpeza.

–Espere un minuto, ¿señor?

–Uy… perdone… Dígale a su patrón que soy David Saldívar.

El portero lo anuncia por el intercomunicador y al momento sale Nacho.

–¡David! –abre la puerta de entrada y ambos se abrazan efusivamente–. ¿Dónde te metiste que no te pude encontrar? Pasá… Vamos a mi escritorio.

–Estoy viviendo en Salta –explica el amigo mientras suben las escalinatas de entrada–. Me recibí de médico y trabajo en el hospital.

–¡Qué bien! ¿Te casaste? –David niega con sus gestos.

–Después te contaré más detalles.

Llegan al escritorio de Nacho y su amigo se da cuenta que es el escritorio del gerente.

–¿Estás dirigiendo la bodega? –pregunta, mientras se sientan en sendos sillones.

–Sí, papá murió al poco tiempo que te fuiste. Después de visitar Orlando, mis padres quisieron seguir su viaje. Yo me volvía, pero él se empezó a sentir mal y decidieron volver conmigo. En el avión empezó a respirar con cierta ronquera. Lo atendieron como pudieron, pero falleció antes de aterrizar. Llegué y tuve que hacerme cargo de todo. Como era muy chico y no tenía idea del movimiento de las empresas, me ayudó mucho el contador. Poco a poco me fui familiarizando y… ¡Aquí estoy!

–¡Quién iba a decirlo! Nacho, gerente de las empresas "Luisandor" –ambos se sonríen, recuerdan su niñez y sus escapadas al sótano de esa bodega–. ¿Y qué fue de tu madre?

El joven gerente se pone serio.

–Se dedicó a la bebida. Está hecha una piltrafa. Ya no sale de su habitación. Creo que algún día, cuando vuelva a casa la voy a encontrar... –se detiene. No quiere pronunciar la palabra "muerta"–. Pero no hablemos de cosas tristes. ¿Qué fue de tu vida?

David relata brevemente lo vivido todos estos años que estuvieron separados.

–¿Así que encontraste a tu abuela? ¡Qué bien! ¿Estás viviendo con ella?

–Sí, ojalá pudieras conocerla. Es una mujer extraordinaria...

Golpean la puerta y entra un dependiente con unos papeles.

–Debe firmar estas salidas, señor Santiago. Los camiones ya están cargados.

Nacho firma sin mirar. Se los entrega nuevamente al empleado y éste se retira, haciendo una reverencia.

–Esperá un momento –el joven gerente, aprieta el botón del intercomunicador–. Graciela, avise a casa que tengo un invitado a almorzar.

Siguen conversando y riendo recordando sus andanzas en la niñez.

–¡Qué hermosos recuerdos! Siempre me escapaba de casa para venir a jugar con vos.

–Y yo te esperaba para jugar un partido al fútbol –ambos lanzan una carcajada–. ¿Fuiste a ver cómo está tu casa?

–No quiero ir... Ese lugar me trae recuerdos muy tristes –los dos se ponen serios–. Pero, contame... ¿qué es de tu vida? ¿Tenés novia?

–Me casé.

–¡Qué bien!

—No tan bien, nuestro matrimonio duró menos de un año. Cintia lo único que quería era mi dinero. Discutíamos continuamente. Decidimos separarnos antes que viniera algún hijo, que siempre es el que tiene que pagar el error de sus padres. Ya tengo los papeles del divorcio. Le paso una cuantiosa mensualidad y ella vive como quiere. No era una mujer así como yo pretendía. Creo que me apuré. Necesitaba compañía y elegí mal.

—Lo que me contás es muy triste, Nacho. Yo deseaba encontrarte bien… Bueno —aclara David—, bien sentimentalmente, porque económicamente no creo que tengas problemas.

—Tenés razón, pero todo el dinero del mundo, no cubre la soledad. Cuando era chico, por falta de mis padres; y ahora, sigo estando solo. Los que dicen ser mis amigos, lo único que buscan es que les pague la vuelta en la confitería, que les preste unos pesos o el auto. Pero no tengo nadie en quién confiar.

—De eso te quiero hablar, Nacho… —el amigo lo mira intrigado.

—¿No me digas que pensás venir de nuevo al pueblo? ¡Sería maravilloso volver a tener cerca un amigo como vos! Si necesitas trabajo, no te hagas problema. Inclusive… —David lo interrumpe.

—No, Nacho, no necesito trabajo. Gracias a Dios me va muy bien. Yo te quiero hablar de otro tema.

Santiago pone los brazos en el escritorio y se dispone a escuchar la propuesta de su amigo.

—Lo que quiero hablarte es de alguien que puede solucionar tu problema de soledad. Alguien que yo encontré y que borró todo mi pasado tenebroso… —su amigo hace la cabeza para atrás y frunce el entrecejo–. Desde que encontré al Señor todo cambió en mi vida.

–¿De qué señor me estás hablando?

–Del Hijo de Dios, mi Salvador.

–¿Te hiciste evangelista?

–No se trata de religión, Nacho, sino de Alguien que dejó los cielos para venir a buscar y salvar a los que estábamos perdidos. El Señor Jesucristo tomó en la cruz nuestros pecados y pagó nuestra deuda, que nunca hubiéramos podido pagar, para que Dios, su Padre, ya no nos condene por todas las cosas malas que hicimos.

Nacho se levanta y viene a sentarse frente a su amigo.

–No entiendo nada. ¿De qué deuda me estás hablando?

–La deuda de nuestros pecados.

–¿Pero qué es pecado para vos?

–Todo lo que hacemos que ofende a Dios es pecado. Y aún si no hacemos lo que debemos, también estamos pecando –como se da cuenta que su amigo no entiende lo que está diciendo, aclara–. El Señor Jesucristo vivía en el cielo, y no tenía necesidad de venir a hacerse un hombre como nosotros. Pero lo quiso hacer para poder salvarnos, porque desde Adán en adelante, todos hemos pecado y eso nos impide llegar a Dios. Él Señor vivió y creció, pero nunca pecó. Como no tenía pecado, no tendría que haber muerto, porque dice la Biblia que "la paga del pecado es muerte…" Cuando llegó el momento de la cruz, Él le dijo al Padre que cargue sobre su cuerpo el pecado de todos nosotros. El apóstol Pedro dice: "Porque Él mismo llevó nuestros pecados en su cuerpo sobre el madero…" Por eso murió en la cruz. No por sus pecados, porque no tenía, sino porque en ese momento tenía todos los nuestros. Y Dios no puede tolerar el pecado, porque Él es Santo. Entonces descargó toda su ira en Cristo, que en ese momento tenía pecado, no los de Él, sino los nuestros.

–Lo que me decís, me desconcierta… No entiendo. Hablás del pecado constantemente. Pero, ¿a qué te referís con eso?

–Te lo voy a hacer práctico –David toma un papel y dibuja una cruz y al lado un corazón–. Vamos a hacer de cuenta que este corazón es el tuyo. Contestame estas preguntas: ¿Alguna vez mentiste? –su amigo afirma con su cabeza–. Bueno, entonces ponemos "mentira" en el corazón. ¿Alguna vez engañaste? Escribo "engaño". ¿Alguna vez te enojaste al punto de desear matar a alguien? –a todas las preguntas, Nacho afirma, por lo que se van agregando palabras en el corazón del papel, hasta que no le queda más lugar para escribir–. ¿Ves todo lo que aquí está escrito? Todo eso es pecado. Ahora te pregunto: Si tuvieras todas estas faltas y tuvieras que ser juzgado, ¿qué crees que haría un juez?

–Seguramente me condenaría.

–Lo mismo te pasaría con Dios, porque Él es el Juez más justo que existe. Ahora, si Él te dijera: Por todas estas faltas, declaro que debes pagar con tu vida… ¿Sería lógico?

–Teniendo todo eso en contra, creo que sí.

–Bueno, Dios tendría que condenarte a morir eternamente; o sea, a mandarte al infierno "donde el gusano no muere y el fuego nunca se apaga", pero se presentó ante ese Juez, alguien que dijo: "No condenes a Nacho, yo voy a pagar todo lo que él te debe". ¿Estarías agradecido a esa persona?

–¡Por supuesto que sí!

—Esa persona es el Señor Jesucristo que ya le pagó al Padre lo que vos le debías. Lo único que Él quiere ahora es que le aceptes. Es como si alguien te regalara algo muy precioso para vos, que nunca podrías comprar. Lo único que tenés que hacer es aceptar ese regalo. Eso es recibir a Cristo como Salvador —como ve que su amigo todavía no termina de entender, prosigue—. Vos naciste una vez a la vida física, por eso cumplís años, ¿verdad? Bueno, lo que Dios quiere es que ahora nazcas a la vida espiritual. Así como un día naciste y nunca más podrías volver a nacer físicamente. Así también, hoy mismo, podés nacer a la vida espiritual y nunca más te vas a perder, porque el Señor Jesucristo, después de morir, resucitó al tercer día y fue a sentarse en el cielo, al lado de su Padre. Si vos aceptás el regalo de la salvación, Él se encarga de anotar tu nombre, así como tus padres lo hicieron en el registro civil, en un libro que se llama "El libro de la Vida", y de ahí nadie te puede borrar, porque Dios no lo permite.

—Vayamos a almorzar y me seguís hablando de esto que me interesa.

Se levantan y van hacia la casa abrazados, como grandes amigos, y como lo hacían en la niñez.

En el almuerzo, David sigue hablando del Señor hasta que el amigo termina de comprender, y acepta a Cristo como su Salvador.

Cuando el joven médico regresa a su hogar, entra desbordando felicidad. Toma a su abuela por la cintura y la hace girar.

—David… —le reprocha Isolina—. Me podés hacer caer.

—Estoy feliz, abuela, Nacho recibió a Cristo. Es la mejor noticia del mundo.

Isolina está tan feliz como su nieto.

Capítulo 18

Nueva esperanza

La nueva ocupación que ha encontrado Diana es visitar todos los días la guardería del hospital. Los niños ya la conocen y cuando llega en su silla de ruedas, se amontonan a su lado para que los alce y lleve a dar una vuelta por el pasillo. Ella lo hace con mucho gusto y les dice a los niños que hagan ruido como si fuera una bocina de camión, para que todos les den lugar.

Los empleados del hospital ya se acostumbraron a verla correr con los niños en su falda y ríen ante la ocurrencia de la joven. Después se acomoda en un rincón de la salita y los niños la rodean, algunos sentados y otros afirmados en su silla, y les cuenta alguna historia bíblica. Cuando se quiere ir, los chicos le ruegan que se quede, que les cuente otra historia o que juegue con ellos. Ella obedece, haciendo como que reniega, pero en realidad, es feliz rodeada por ellos.

Una mañana, mientras cuenta la historia de ese día, se detiene.

–Díganle al doctor David, que todos los días se para en la puerta, que entre así me ayuda con las historias.

David se sorprende al ser descubierto. Él pensaba que Diana no se daba cuenta. Viene donde están los niños y se sienta en cuclillas rodeado por ellos.

–¿Qué historia les contaba la señorita?

Todos quieren contestar a la vez y se arma un barullo que nadie puede entender.

–Era la historia de Mefiboset –interviene la joven riendo–. Llegué hasta donde David lo invita al hijo de su amigo Jonatán a comer todos los días en su mesa.

David retoma la historia desde allí y lo hace gesticulando y exagerando las voces. Los niños ríen ante sus ocurrencias. Cuando termina, llega una cocinera con una bandeja humeante.

–Es hora de comer –les dice, levantándose–. Yo llevaré a la señorita Diana a dar un paseo –toma la silla de ruedas de la joven y se dirige a la salida.

–Siempre me descubrís, ¿cómo lo hacés si no… –se detiene.

–Si no te veo –prosigue Diana, riéndose–. A vos es muy fácil descubrirte por el perfume. Ya te lo había dicho antes.

–Entonces no voy a cambiar de marca. Me encanta que me reconozcas.

Dan un paseo por el parque y David se ofrece a llevarla en su auto.

–No le avisé a papá. Me estará esperando.

–Eso se soluciona fácil –marca un número en el celular y le avisa a Carlos que llevará a su hija.

–Qué bueno que tenés el número –respira aliviada Diana.

¿Querés que te busque a vos también? –se hace un pequeño silencio–. Está bien Carlos, llevo a Diana y vuelvo…

Alza a la joven y la deposita en el asiento. Luego pliega la silla de ruedas y la acomoda en el baúl.

–¡Qué fácil te resulta alzarme!

–Si sos una pluma –para David es hermoso poder tenerla tan cerca, pero trata de disimularlo. Está enamorado de ella desde antes que tuviera el accidente, pero ahora que la ve tan impotente, quisiera tenerla a su lado, para cuidarla, mimarla y darle todo lo que necesita. Lo detiene su enfermedad, porque se da cuenta que está llegando al fin de sus días, y no quiere que Diana sufra más de lo que ya le ha tocado vivir. Pero disfruta cada momento que puede estar con ella.

Un día, mirando noticias por Internet, ve una que lo impacta. La imprime y corre al hospital.

–Carlos, mirá este artículo que encontré… –le muestra a su profesor la hoja que imprimió.

Carlos lee lo que le entregó y mira a David.

–¿De dónde sacaste esto?

–De Internet. ¿No te parece fabuloso que haya alguien que se anime a hacer la operación que necesita Diana?

–¡Sería maravilloso! Pero este médico es de Cuba. ¿Cómo lo podemos contactar?

–Eso dejalo por mi cuenta –el profesor le devuelve la hoja impresa y el joven sale apurado.

Carlos queda absorto. Hasta ahora nadie se animaba a hacer esa operación. Sería hermoso que su hija pudiera, al menos, volver a caminar. Luego piensa dónde tendrá que llevarla y se da cuenta que debe ser muy costoso, porque además de ella, tendrá que ir alguien acompañándola. ¿De dónde se supone que sacará el dinero necesario? Interrumpen sus pensamientos, porque vienen a buscarlo para una intervención.

Al otro día David trae los detalles necesarios. Su felicidad se trasluce hasta en sus poros.

–Aquí están todos los datos que necesitamos. El médico se llama Shimei y tenés también su número de teléfono. Si querés lo puedo llamar yo.

El profesor no posee la misma alegría de David.

–¡Sería buenísimo! Pero, ¿dónde conseguiremos el dinero que hace falta? Cuba no está a la vuelta de la esquina.

–Eso no importa. "El Señor proveerá". Ahora tenemos que contactarnos con ese médico y darle todos los datos de Diana, informándole el resultado de los estudios que ya tenemos de ella.

Carlos se contagia de le fe de su alumno.

–Tenés razón. Debemos dejar la parte económica en las manos del Señor. Pero te voy a pedir que hagas vos todos los trámites, porque yo estoy ocupadísimo. Además, no entiendo casi nada de computación.

David recoge los informes y se dedica a la tarea encomendada con todo entusiasmo.

Cuando los demás empleados del hospital se enteran de esa posibilidad, se comprometen a juntar lo que puedan de dinero para ayudar al profesor y su hija.

Al cabo de una semana, el joven médico trae todos los contactos y también el dinero necesario.

–¿De dónde sacaste tanta plata? –el profesor lo mira entusiasmado, pero con cierta desconfianza.

–Nuestros colegas juntaron bastante y yo vendí mi auto.

–¡David! No debiste hacer eso.

–¿Te parece que no es una causa justa? Además, vos sabés cuánto amo a Diana. Y por ella, haría lo que fuere.

Profesor y alumno se abrazan.

–¡Gracias David, por querer tanto a mi hija! Ojalá ella te correspondiera.

–Vos sabés mejor que nadie que eso no convendría. Quedaría viuda antes de casarse.

Con sólo pensar en eso, a Carlos se le nubla la vista. Para disimularlo, sale apurado.

–Ya mismo le diré a Inés que vaya preparando las valijas. Creo que tendrá que ir ella, porque yo tengo pendientes varias operaciones –van caminando juntos hacia la salida.

–Si querés le digo a Daniel o a algún otro médico que te reemplace. Es mejor que vayas vos. Sos médico, y vas a entender mejor las indicaciones –Carlos reconoce que su alumno tiene razón.

En pocos días más, padre e hija están volando hacia Cuba.

Es tanta la ansiedad de David, que todos los días habla por teléfono para saber las novedades. Pasan diez días y al llegar al aeropuerto, el joven los está esperando. Ayuda a Carlos a bajar a Diana, que viene con su cadera y piernas enyesadas.

–Ahora sí que no me podrás alzar solo –le dice a su amigo, bromeando–. Con este yeso debo pesar 30 kg. más.

Los dos hombres lanzan una carcajada. Es increíble el humor de la joven, aún en el estado que se encuentra.

Se suceden los días y llega el momento de sacarle el yeso a Diana. En el hospital, a pesar que todos se encuentran en sus respectivos puestos, están pendientes de los resultados. Carlos y David no pueden controlar sus nervios mientras el traumatólogo hace su trabajo. Cuando las piernas de la joven quedan liberadas, éste le pincha la planta del pie con una aguja.

–¡Ay…! –la joven lanza un grito que desata la euforia de todos.

–¡Tenés sensibilidad! Eso es lo mejor que podíamos escuchar. Significa que la operación fue un éxito. Ahora sólo queda la recuperación –el padre se dirige a su hija y le recuerda–. Ya te anticipó el doctor Shimei que va a ser lenta y dolorosa.

–Sí, papá, pero eso no importa. Con sólo pensar que podré volver a caminar, te aseguro que aguantaré todo el dolor y el tiempo que haga falta –Diana también llora de emoción.

El primer día la joven quiere pararse, pero el fisioterapeuta la detiene.

–Primero te haré masajes y movimientos para que tus músculos empiecen a trabajar. Después podrás pararte –y mirando la desilusión de Diana, añade–. Ya te dijo tu papá que debés tener paciencia.

–Perdone, doctor. Estoy muy ansiosa.

–Es lógico, pero me tenés que ayudar para que no fracasemos. La operación fue exitosa, pero la recuperación también es muy importante. Si hacemos algo mal, se puede volver a cero –Diana asiente, sabiendo que el médico tiene razón.

Desde ese día el fisioterapeuta hace su trabajo. David sigue los movimientos con mucha atención. Cuando el especialista se retira, él mismo le hace los masajes necesarios. Diana aprovecha esos momentos haciendo bromas y riéndose.

–Si seguís así, no voy a necesitar más sesiones de fisio…

El joven disfruta de ese tiempo, pero cada día se le hace más difícil no decirle a la joven sus sentimientos.

Cuando le dan permiso para pararse, el especialista la lleva hasta una sala que posee pileta de natación y aparatos de toda clase. Entre ellos unas barras paralelas, donde le indica a Diana que se apoye para caminar. Ella lo hace con todo gusto, pero cuando quiere dar un paso, siente que las piernas no le responden.

—No puedo, doctor.

—Primero deberás asentar los pies solamente, para que tus piernas se acostumbren a soportar el peso.

Diana obedece y le parece increíble volver a sentir el frío del piso. Eso la anima y muy despacio se afirma con ambas manos y arrastra sus pies.

—¡Muy bien! —la anima el facultativo—. Seguí así, cuando llegues a la otra punta, afirmate y volvé. Yo voy a atender otros pacientes. Te dejo en manos de mi colega.

David se acerca y la joven bromea.

—¿Cuándo te vas a cansar de verme hacer el ridículo?

—Creo que nunca. Además, lo hacés muy bien. No hace un mes que llegaste y ya te podés parar. Eso es un gran adelanto.

Cada vez que ella afloja sus brazos, él la sostiene y ayuda. Diana se acostumbra a tenerlo siempre cerca. Cuando le toca hacer los ejercicios dentro de la pileta de natación, ya tiene pleno movimiento en sus piernas. David la observa desde afuera.

—¿Por qué no se pone la malla y me acompaña, doctor?

Esa invitación es demasiado tentadora para el joven. Todos los días ha traído su ropa adecuada para esa circunstancia, pero no se animó a bañarse con ella. Ante la sugerencia, no duda un instante. Se cambia y vuelve.

—Ahora vamos a ver quién es mejor —bromea, mientras se lanza al agua de cabeza. Va por debajo del agua y le toma ambas piernas a la joven, haciéndola hundir. Sabe que no es peligroso porque ha comprobado que ella es una experta nadadora. Aunque Diana no lo puede ver, lo sigue por el ruido del agua y juegan como dos chiquilines. Después de un rato, David se pone serio —Bueno, señorita. Es hora de salir. Fue suficiente por hoy.

La joven disimula que no puede subir los escalones.

—Por favor, David, necesito ayuda.

El joven, muy solícito, la levanta en los brazos y sube la escalinata. Cuando llegan arriba, quiere depositarla en el suelo, pero ella lo detiene.

—No, me puedo resbalar. Llevame a los vestuarios —antes que David comience a caminar, ella apoya su cabeza en el hombro de él. Eso es demasiado para el joven. Primero la besa en la frente, luego en la mejilla y no puede parar hasta llegar a su boca. Diana responde a sus caricias y a él le parece estar tocando el cielo.

—Te amo, Diana, siempre te amé.

—¡Por fin lo dijiste! Creía que no llegaría nunca este momento.

—¿Eso quiere decir…?

—Sí, David, yo también te amo. Hace tiempo que estoy orando por nosotros. Lo que me detenía es mi ceguera. Pero he practicado mucho y creo que hasta puedo cocinar.

El joven la besa nuevamente y suelta sus piernas. Ella se para, cruza sus brazos alrededor del cuello de él y corresponde a sus caricias. David sabe que no tendría que ilusionarla, pero su amor por ella puede más.

—Andá a cambiarte. Después nos vemos —el joven médico corta esa intimidad con mucho dolor, pero quiere hablar con Carlos.

Busca a su profesor por las distintas áreas del hospital y se decide a esperarlo en la sala de médicos. Siempre va allí a tomar un café. Cuando llega su colega, lo aborda, nervioso.

–Tengo algo que decirte…

–¿Se trata de Diana? –Carlos lo mira sonriente, mientras toma su café–. ¿Qué pasó esta vez? Estás más pendiente de ella que yo.

–Sí, pero esto no tiene que ver con su recuperación. Es algo personal.

El profesor deja su taza y lo mira con picardía.

–¿Te decidiste a decirle que la amabas?

–Sí, pero eso no es todo…

–Ella te corresponde. No es sorpresa para mí. Con Inés hace tiempo que lo sabemos. Diana es transparente. Cada vez que venía de estar con vos, su rostro estaba radiante.

–Hoy me lo dijo –David no se muestra para nada contento.

–¿Pero entonces… cuál es el problema?

–¡Carlos…! Vos mejor que nadie sabés que me queda poca vida. ¿Qué será de ella cuando el Señor me lleve a su presencia?

El profesor se para al frente y lo toma por ambos hombros.

–Mirá, muchacho. No sé qué puede pasar mañana. Pero creo que los dos se merecen un poco de felicidad.

–Entonces quiere decir que estás de acuerdo –Carlos asiente–. ¿Le tengo que contar acerca de mi enfermedad?

–No creo que sea conveniente… Dejá que ella sea feliz. Ya se va a enterar a su debido tiempo.

David abraza a su profesor.

–Trataré de hacerla feliz todo el tiempo que pueda.

C A P Í T U L O 19

Infeliz desenlace

Isolina muere de un paro cardíaco y David se aferra a su novia buscando consuelo.

–Estos últimos días estaba mal. No pude hacer nada para evitarlo –se justifica ante Carlos y su familia.

–Ella ya vivió lo suficiente –lo consuela su colega–. Vos le diste la felicidad que esperó toda su vida. Sus últimos años fueron los mejores.

David llora, tapándose los ojos con un pañuelo.

–Tengo que esperar que vengan mis tíos de Australia. Viajan con sus familias.

Pasan una noche de insomnio y a la mañana siguiente, llegan los viajeros. Para el entierro, se ha reunido mucha gente. Están los hermanos de la iglesia. El personal del hospital. Sus familiares, vecinos y amigos de la anciana que tanto se hizo querer por todos.

En el silencio del cementerio, Carlos tiene una pequeña reflexión sobre 2 Corintios 5:1: "Porque sabemos que si nuestra morada terrestre, este tabernáculo, se deshiciere, tenemos de Dios un edificio, una casa no hecha de manos, eterna, en los cielos".

Después del sermón, mientras bajan el cajón, se escucha la melodiosa voz de Diana:

> "Cual las estrellas que por la mañana
> Siempre se pierden del sol al fulgor,
> Pasar quisiera yo así de este mundo.
> Bien recordada por obras de amor.

> *Sí, recordada, bien recordada,*
> *Bien recordada por obras de amor;*
> *Pasar quisiera yo así de este mundo,*
> *Bien recordada por obras de amor.*

(De a poco, las voces de los presentes se unen a la joven.)
> Muy pronto viene en las nubes del cielo
> Para buscar a su iglesia el Señor;
> Y a toda sierva que fiel se ha mostrado
> Él premiará por sus obras de amor".

Quedan un rato más mirando cómo tapan el cajón y ponen las flores y coronas en su tumba. Diana abraza a su novio. Se siente impotente para consolarlo ante esa pérdida. Mientras los demás se dispersan, sólo quedan los familiares un rato más en silencio. Luego se dirigen a los autos contratados y vuelven a sus hogares.

David comienza a guardar sus pertenencias en un bolso.

—¿Qué estás haciendo? —Jonatán lo detiene.

—Preparo mis cosas para irme… Ya no está mi abuela y todo esto les pertenece.

—Estás equivocado jovencito —José se ha unido a su hermano—. Todo esto ahora te pertenece. David los mira sin entender.

–Pero esta casa era de su madre.

–Sí, pero cuando vinimos la otra vez, ella quiso que pusiéramos todo a tu nombre. A nosotros no nos hace falta, gracias al Señor tenemos un buen pasar en Australia. Nadie mejor que vos para cuidar los intereses de mamá. Además fuiste el que la acompañó sus últimos años, y el que trajo felicidad a su vida.

David queda un rato en silencio, sosteniendo una prenda que iba a guardar en su bolso. Lo que le han dicho es demasiado para él. Gira y abraza a sus tíos llorando.

–¡Gracias… gracias! No sé qué más decirles…

–Además –añade Jonatán–, la cuenta del banco también está a tu nombre. Lo único que tenés que hacer es ir a registrar tu firma.

El joven no puede creer lo que oye. Es demasiado para él. Se sienta en la cama y llora como un niño. Sus tíos salen para dejarlo que descargue su ansiedad contenida.

A la semana, sus parientes vuelven a su residencia en el extranjero y David corre a contarle a su novia la novedad.

–Ahora nos podremos casar –Diana gira sobre sí misma. Profesor y alumno intercambian una mirada. ¿Cuánto durará su alegría?

Los días siguientes son de intensa actividad. Han elegido la fecha de la boda para el 30 de junio. David quiere llevarla de luna de miel a Bariloche para que ella pueda palpar la nieve.

Los paseos por el parque no se cortan. Todos los días, cuando el joven médico sale del hospital, va a buscar a su novia y pasean juntos. Como el frío va en aumento, David decide que, en vez de ir al parque, se sienten en una chocolatería.

–Decime, amor, ¿qué harías si pudieras volver a ver?

–Sabés que eso es prácticamente imposible. Necesito un trasplante, pero como mi caso no tiene peligro de muerte, estoy muy abajo en la lista. Además, no me quiero ilusionar ¿Te importa que sea ciega? ¿O te da vergüenza presentarle a tus amigos una esposa no vidente?

–¡Por favor, mi vida! Sabés que eso para mí no es importante. Te amo demasiado y te presento a todos con el mayor orgullo. Simplemente tengo curiosidad por saber qué harías si pudieras ver.

–Siempre quise estudiar medicina, pero no para trabajar como papá en un hospital, sino para poner algún hogar de niños, o un hogar de ancianos o, mejor aún, ir a trabajar entre los wichis. Son los seres más necesitamos de esta zona. En los hospitales del interior, los dejan morir en los pasillos, sin prestarles la mínima atención médica.

–Ya terminaste el secundario, así que podés cumplir tu sueño.

–¡David! –le recrimina su novia–, sabés que una cosa es rendir oralmente las materias después de escuchar las clases en un grabador, y otra muy distinta es estudiar medicina. Esa carrera es imposible para una persona ciega.

–A mí me admira cómo podés detectar mejor que nadie algunos diagnósticos.

–Sí, cuando papá no está muy seguro de la ubicación de un tumor o algún nódulo, me llama y palpando yo lo encuentro mejor que él. Pero sabés perfectamente que a nosotros, los ciegos, se nos agudizan los demás sentidos, y entre ellos está el tacto. Por ejemplo… –acaricia suavemente el rostro de su novio y exclama–. Aquí me doy cuenta que tengo delante de mí al hombre más lindo del mundo.

–Te quiero.

–Él toma su mano y la besa –Diana siente que su cara está mojada–. ¿Qué te pasa, mi amor? ¡Estás transpirando…!

Él trata de disimular, se siente bastante mal.

–Estoy muy nervioso. ¿Podemos volver?

En el hospital, toma un calmante y se recuesta. Carlos viene avisado por un colega.

–¿Te sientes mal?

–Se acerca la boda y cada día me siento peor. Sería tremendo para mí, y para Diana, que no llegara a ese momento.

–No pienses en eso, ahora. Te pondré suero con algunos calmantes fuertes. Eso te ayudará –Carlos hace lo indicado, pero para sus adentros sabe que a su alumno no le queda mucho tiempo.

Llega el día de la boda y los médicos del hospital ayudan a David a ponerse el traje. Diana, mientras tanto está con su vestido de novia, radiante de alegría. No quiere que le pongan sus anteojos oscuros.

La iglesia está repleta de gente. David se encuentra sentado en el primer banco. Cuando entra su novia, acompañada de su padre, suena la marcha nupcial, se para y le parece estar viviendo un sueño. Diana está más hermosa que nunca con su traje blanco. Lentamente se acercan caminando por la alfombra roja. Al llegar al final, Carlos besa a su hija y la deja en el brazo de su novio. La ceremonia es sencilla, pero muy emotiva. Los médicos siguen con atención el proceso de la misma, pero constantemente atentos a los síntomas del novio.

–Me parece que se va a desmayar en cualquier momento –comenta un colega con Carlos, en voz muy baja–. Mirá la palidez de su rostro. Está transpirando mucho y ya ha comenzado a temblar.

Diana palpa la transpiración de su novio y el temblor de su cuerpo y le pregunta muy despacio.

–¿Qué te sucede, amor?

–No te preocupes, son los nervios y la emoción. No me puedo controlar.

Al terminar la ceremonia, giran hacia el público, después del beso acostumbrado, y cuando comienzan a caminar, David suelta la mano de su novia y cae. Sus colegas corren a socorrerlo y lo trasladan al hospital en una ambulancia que trajeron sospechando que esto podría ocurrir.

Diana queda confundida y grita desesperada.

–¡David! ¿Qué pasó? ¡Por favor, que alguien me diga…! –Ella está desesperada. Palpa a su alrededor buscando a su novio pero lo único que toca son cuerpos de distintas personas. Inés la toma del brazo y la saca del lugar–. Mamá, ¿qué le pasó a David?

–Se ha desmayado, hija. Seguramente fueron los nervios.

–Llevame a donde está, mamá. Quiero estar con él.

–Lo trasladaron en ambulancia al hospital.

–¿En ambulancia? ¿Cómo llegaron tan pronto?

Inés se da cuenta que ha cometido una indiscreción.

–Uno de los choferes vino en una ambulancia al casamiento, así que aprovecharon para llevarlo más pronto –mira a su hija para ver si ha creído su relato.

–Llevame al hospital entonces.

–Pero estás vestida de novia.

–Eso no me importa. Quiero estar junto a David. Es lo que me corresponde. Ya soy su esposa.

Cuando Inés se da cuenta que no la hará desistir de su propósito, toma un taxi y lleva a su hija hasta el hospital.

–No podés entrar a terapia –Carlos se adelanta para impedirle el paso. En ese momento están atendiendo sus colegas a David y no quiere que su hija sospeche nada.

–¡Papá!, soy su esposa.

–Eso ya lo sé, pero tendrás que esperar un rato ¿Por qué no te cambiás, mientras tanto? –hace señas a su esposa para que la lleve.

–Vamos, hija. Te ayudo a cambiarte el vestido y volvemos.

Diana se deja conducir, llorando. Cuando regresan, no pueden evitar que entre a terapia.

–Mi amor… –lo abraza y apoya su cabeza en el pecho de él.

–Perdoname, hice lo posible para no descomponerme, pero los nervios me traicionaron.

Ella no dice nada, solamente lo acaricia. Sus lágrimas se mezclan con las de su novio.

Los médicos que contemplan la escena, no pueden evitar acompañar su llanto.

Una enfermera irrumpe en el lugar.

–Doctor Carlos, por favor venga…

Al momento, el profesor vuelve y toma a Diana del brazo.

–Tengo una hermosa noticia, hija. ¡Apareció un dador! Tenés que venir a prepararte para el trasplante.

Ella se niega.

–Ahora no, papá… Quiero estar con David.

–Por favor, amor –le dice el joven entre lágrimas–. Esperaste tanto este momento que no lo podés desperdiciar. Andá, cuando vuelvas te estaré esperando.

La joven le da un último beso.

—Te amo y te seguiré amando, pase lo que pase —David no puede contestar. Tiene un nudo en la garganta que casi no lo deja respirar. Sabe que es la última vez que la podrá ver y quiere recordarla en cada detalle. Ni bien sale Diana, anestesian al joven.

El médico oftalmólogo comienza su trabajo. En una sala cercana, preparan a la joven y también la anestesian.

Cuando despierta, tiene una venda en sus ojos.

—No te la vayas a quitar todavía —le recomienda el especialista—. Tendrás que estar en un lugar oscuro por un tiempo. Después de a poco te permitiremos que recibas algo de luz, para que te vayas acostumbrando a ella y recién entonces podremos quitarte las vendas por completo. Es un proceso lento, pero es lo más seguro. La operación ha sido un éxito, y no podemos arruinarla.

—Doctor, lo único que deseo es volver con David.

El padre de Diana con su colega se alejan de la cama y hablan muy despacio.

—Ya ha fallecido —le anuncia Carlos—. No quisiera que esto afecte a Diana arruinando su recuperación.

—No podremos retenerla por mucho tiempo. Está desesperada por ir con él.

—Papá, por favor… Llevame con mi esposo. Les prometo que no haré nada que me perjudique. Quiero estar con él.

Carlos se da cuenta que será inútil ocultarle ese desenlace por mucho tiempo. Ayuda a su hija a ponerse de pie y la lleva hasta terapia, donde ya han acomodado a David, para trasladarlo al cajón.

Ella se tira sobre el cuerpo sin vida.

–Amor mío… amor mío… No pude darme el gusto de verte –los presentes lloran ante esa escena. Ella levanta sus manos hacia el rostro de su esposo y deposita un suave beso en sus labios. Empieza a acariciar su rostro y sus manos chocan con las vendas que tiene en sus ojos.

–¡Dios mío! –grita desesperada– ¡Los ojos que me pusieron son los de él!

Carlos la levanta y abraza, tratando de consolarla. Es inútil. Todo su cuerpo se convulsiona por el llanto. Queda un rato en silencio, mientras los demás trasladan la camilla con el cuerpo sin vida.

–No llores más, mi chiquita. Puede hacerte mal. No arruines el último sacrificio de tu esposo –Carlos toma el rostro de su hija entre sus manos y la besa en la frente.

–Sí, papá… Tenés razón. No puedo arruinar el regalo más precioso que mi esposo me dejó.

Mientras caminan de regreso a la habitación de Diana, ella comenta.

–Yo sabía que David estaba enfermo –Carlos se sorprende ante esa revelación–. Siempre que tocaba sus manos o su cara, transpiraba. Muchas veces me daba cuenta que apenas podía sostenerse. No sabía exactamente qué tenía, pero era evidente que se estaba muriendo. En la boda, cuando empezó a temblar… –Diana no puede seguir hablando.

Su padre se admira con qué entereza ha tomado el tremendo trance que ha vivido y la abraza.

–Ahora mirarás con sus ojos. Eso es lo que él anheló este último tiempo. Quería dejarte lo único de más valor que poseía.

Llegan a la sala y la joven se acuesta, poniéndose en la posición que le indican. Hace un esfuerzo tremendo para no seguir llorando, a pedido del especialista que la operó.

Entra Bety, una enfermera conocida, y le entrega un sobre al profesor.

—Esto le dejó David para su hija… usted verá cuando será conveniente dárselo —se retira muy despacio, tratando de no hacer ruido.

Diana llama a su padre.

—¿Qué quería Bety, papá?

Carlos se admira que ni siquiera ese detalle le ha pasado desapercibido a su hija.

—Me trajo unos papeles que necesito…

Capítulo 20

Recuerdo inolvidable

DIANA SE HA CONFORMADO EN NO IR AL VELORIO DE SU esposo, pero no pueden detenerla para que vaya al cementerio. Es un funeral inolvidable. Casi todo el hospital está presente junto con la iglesia completa.

El doctor Daniel tiene a cargo el sermón. Lee en 1 Tesalonicenses 4:16: "Porque el Señor mismo con voz de mando, con voz de arcángel, y con trompeta de Dios, descenderá del cielo; y los muertos en Cristo resucitarán primero. Luego nosotros los que vivimos, los que hayamos quedado, seremos arrebatados juntamente con ellos en las nubes para recibir al Señor en el aire, y así estaremos siempre con el Señor".

David nos ha precedido, pero cuando el Señor venga a buscar a su iglesia, nos reuniremos con él. Ahora ya dejó de sufrir y está gozando de la presencia de Dios. Tenemos que consolarnos con estas palabras.

Después del emotivo sermón y mientras bajan el cajón, se escucha nuevamente la voz melodiosa de Diana:

"Que viva por Cristo, y sólo por Él;
Y si yo muriese, bien sé
Que no temeré, porque Cristo es fiel

Y mi alma en su paz guardará.

Está bien… está bien…
Está bien con mi alma, está bien.

(Cuando va cantando la última estrofa, ya su voz se escucha
totalmente quebrada por el llanto. Los demás presentes, la
ayudan a terminar.)

Mas no es la muerte que espero, Señor,
La tumba mi meta no es,
Tu pronta venida, en tu tierno amor,
Esperando mi alma hoy está".

La joven todavía tiene sus vendas y sus anteojos oscuros y
al ver su entereza, los presentes no pueden evitar descargar su
lástima llorando. ¡Diana es admirable!

Pasan dos semanas y llega el momento de quitarle las vendas. Sus padres, Iván y Gustavo no pueden disimular su ansiedad. El oftalmólogo hace su trabajo desenroscando el vendaje.
La habitación está en penumbras. Cuando el especialista termina su trabajo, todos esperan ansiosos que la joven abra sus ojos.
Ella lo hace lentamente y sonríe ampliamente.

–¡Puedo ver, papá, puedo ver!

Los demás se abrazan y saltan de alegría.

Cuando ya ha pasado el tiempo prudencial, obtiene el permiso para salir al aire libre. Ese día de primavera, el sol brilla en todo
su esplendor. Diana conserva todavía sus anteojos oscuros, pero
disfruta plenamente de cada detalle que le estuvo vedado por

tanto tiempo. ¡Qué hermoso hubiera sido disfrutarlo con David! Después cae en cuenta que si él estuviera, ella no podría ver. "¡Miraré con tus ojos, mi amor! Así te sentiré siempre a mi lado".

En la casa del matrimonio Soluaga los esposos comentan un gran dilema.

—¿Será ya tiempo de entregarle la carta de David?

—No lo sé, Carlos. ¿La leíste para saber qué dice?

—No, el sobre está cerrado. Además me parece mal inmiscuirme en su intimidad.

—Tenés razón. Es algo privado entre Diana y su esposo.

En ese momento entra Iván y tira los libros sobre la mesa.

—Es inútil, mamá, desaprobé otra materia. No me da la cabeza para estudiar. Leo y leo… trato de recordar, de memorizar, pero es inútil. Tendré que buscar otra ocupación.

Carlos mira a su esposa y le hace señas que se retire.

—Hijo, desgraciadamente esto que te pasa es consecuencia de los estupefacientes que consumiste. Matan las neuronas y por eso te cuesta recordar. Es inútil que trates de seguir una carrera universitaria. No tenés memoria suficiente para retener tanta información.

—Entonces, papá… ¿Qué me espera?

—Tenés que conformarte con buscar algún trabajo que no requiera usar mucho tu cabeza.

—¿Cómo qué?

—Si querés, puedo hablar con el director para que te tome como ordenanza. Ese es un trabajo pesado, pero no requiere memoria, porque te van indicando lo que tenés que hacer.

Carlos mira la indecisión de su hijo, con un nudo en la garganta.

–Está bien, papá. Trabajaré de ordenanza si está esa posibilidad –toma sus libros y se dirige al dormitorio.

Diana regresa radiante de su paseo.

–¡Qué hermoso es volver a ver, papá! Ahora aprecio cada cosa, que antes, cuando todavía veía, no me daba cuenta que existían. ¡Es extraordinaria la creación de Dios!

Carlos está tan alegre como ella y decide que es tiempo de entregarle la carta que le dejó David.

–Tomá este sobre, hija, te lo dejó tu esposo. No te lo entregué antes porque no lo creía conveniente.

Diana recibe el sobre y corre a su dormitorio. Rasga el sobre con todo cuidado. No quiere dañar la carta. Cuando la despliega, se sienta en la cama a leerla.

"Mi amor, si estás leyendo estas líneas es porque ya no estoy contigo. Quise dejarte lo más preciado, para que lleves siempre con vos un recuerdo mío. Quiero que estudies medicina. Es la carrera que anhelaste. Te dejo la casona de mi abuela para que pongas un geriátrico o un hogar de niños, como era tu deseo. También podés disponer de la cuenta en el banco. Para eso te llevé a firmar aquel día, que como todavía no veías, no te enteraste para qué era. Mis tíos se comprometieron a seguir girándote dinero todos los meses.

Quiero agradecerte la felicidad inmensa que me diste. Te amé más que a mi vida. Y si hubiera sido posible, te seguiría amando, porque sos una mujer extraordinaria. El Señor tuvo misericordia de mí y me dio la felicidad que no merecía. Ahora que podés, cumplí tus deseos. Así demostrarás a los demás que no me olvidaste.

Quiero que me recuerdes, pero también que ames a otro hombre, que seas feliz, que te cases y formes una familia, que tengas hijos. En el hospital veía cómo disfrutabas de los niños. Mucho más vas a disfrutar los tuyos. Sos una mujer maravillosa. Conservá siempre tu amor al Señor y el deseo de servirle.

Yo te estaré esperando en el cielo, y si es posible, le pediré a Dios que te cuide y que cumpla todos tus deseos.

¡Hasta siempre, amor! Te amo… Te amo… Te amo...

Tu esposo orgulloso de la mujer que tuvo la suerte de conocer.

David.

Diana termina de leer y se acurruca en la cama con la carta en su pecho. Llora y llora, pero no es llanto de desesperación, sino de dolor intenso del corazón.

"Señor, que pueda cumplir todos sus deseos… Me dejó lo que yo más necesitaba: sus ojos. Que lleve en alto tu Nombre y el suyo. Sólo tú sabes cuánto lo amé y aún lo sigo amando. Fue tu voluntad llevarlo a tu presencia. Ayúdame a aceptarlo. Tu Palabra dice que a los que a Dios aman todo ayuda para nuestro bien. Ahora no lo entiendo, Señor, pero voy a poner todo de mi parte para ser la mujer que David deseó tener y que sea merecedora de tu amor. Ayúdame. Dios mío. Te necesito más que nunca. Que pueda sanar la herida de mi corazón, que ahora está sangrando".

Se queda muy quieta, llorando.

Su madre entra muy despacio. La ve abrazando la carta y se le parte el corazón. Diana la escucha y se levanta a abrazarla.

—Mamá… Mamita… Tengo tanto dolor… No sé cómo va a seguir mi vida.

—Siempre tuviste las fuerzas para vencer los obstáculos. Sé que ahora será igual. Es lógico que sientas dolor. Sería ilógico si no lo sintieras. El Señor renovará tus fuerzas.

Quedan un rato abrazadas. La joven guarda la carta en un cofre donde tiene sus objetos más queridos. Seca sus lágrimas y acompaña a su madre.

Cuando llegan al comedor, golpean la puerta. Inés va a atender y se encuentra con una joven muy mal vestida, sucia, los cabellos enmarañados y con una criatura en sus brazos. Calcula que viene a pedir limosna y se dispone a entrar para preparar algo que darle.

—Señora, por favor… ¿Está Iván?

Al escuchar su nombre, el joven se asoma a la puerta. Reconoce a la recién llegada.

—¡Laura! ¿Qué pasa?

Como respuesta, la joven le entrega el niño.

—Es tu hijo, Iván. Yo ya no puedo cuidarlo. Se me ha caído varias veces. Me olvido de darle su comida. Lo dejo en cualquier lado. Mi cabeza no me funciona. Y no quiero que Germancito siga por el mismo camino.

—¿Mi hijo? ¿Creés que te voy a creer? ¿En qué momento lo concebí?

—Vos no te dabas cuenta, pero cuando estabas "volando", yo me acercaba y teníamos relaciones. No quise que lo supieras antes porque pensaba hacerme cargo. Pero ahora tengo que acompañar a los señores —señala hacia atrás donde están dos policías parados—. Y donde me llevan no podré cuidarlo. Por favor, cuidalo y dale todo el amor que yo no puedo.

Cuando se va retirando, Iván la llama.

–¿Qué fue de Cuchilla y los demás?

–Murieron en un enfrentamiento con la policía. Yo me salvé porque estaba en otra pieza. Pero cuando allanaron el lugar, me encontraron –sigue su camino y entra en el patrullero rumbo a la comisaría.

Iván queda tieso. La noticia que le acaban de dar es increíble. Mira al niño que tiene en brazos y le da lástima su estado y su hedor. Los demás integrantes de la familia escucharon todo.

–¿Qué harás ahora, hijo? –su madre lo mira entre asombrada y asustada.

Su hermana le quita al niño de sus brazos.

–Por ahora, te vamos a bañar y a cambiar –le dice sonriente al niño.

–¿Esto está sucediendo? –los ojos del recién llegado están bien abiertos y muy asustado. De pronto, suelta su llanto.

–No, mi amor, no te asustes, tía Diana te va a bañar porque debajo de toda esa mugre, creo que hay un nene muy bonito –le hace morisquetas y cosquillas en su pancita al bebé hasta que se calma.

–Voy a comprarle algo de ropa para cambiarlo –Inés toma su billetera y sale apurada.

–¿Quién era esa chica, hijo? –interviene Carlos, todavía absorto por lo sucedido.

–Es Laura, papá, la que me inició en la droga –toma el papel sucio que ella le dejó–. Aquí dice que el niño se llama Germán Lozada y es hijo de Laura Lozada y de Iván.

–¡No puede ser! ¿Cómo encargué ese bebé? –lee y relee el papel.

El padre se llega hasta él y le pone una mano en el hombro.

–No es difícil deducirlo. Laura tiene razón. En esos momentos no eras dueño de tus actos.

Iván se sienta, temblando. Sus ojos siguen fijos en el papel sucio y arrugado que tiene en sus manos.

–¿Cómo puedo saber que es realmente mi hijo?

–Hay un estudio que se llama ADN que puede asegurar con precisión ese dato. Pero me parece que ahora eso es secundario. Con su madre presa, tenemos que hacernos cargo de esa criatura, sea o no tu hijo.

Mientras tanto, Diana está bañando al bebé. Tiene puesto un gorro de lana, totalmente pegado a su cabecita. Ella trata de despegárselo con suavidad. "Esto lo debe tener desde que nació, pobrecito". Cuando logra liberar su cabecita, comienza a lavar su cabello largo y enmarañado que se niega a desenredar. La joven le pone su champú.

–Tendremos que comprarte uno que no te haga arder los ojitos. También será necesario llevarte al peluquero –sigue jabonándolo y descubre, que además de suciedad, tiene su cabecita llena de piojos. Esto impresiona a la joven que lo levanta con urgencia y va en busca de la loción para erradicarlos. Se conservan en el botiquín del baño desde que iban a la escuela primaria.

–No sé si servirá porque debe estar muy vencida, pero por el momento no tengo otra cosa –le coloca loción en abundancia y le envuelve la cabecita con una toalla. El niño sigue sin ningún movimiento.

Entra Inés acalorada.

–Es lo único que conseguí acá cerca. Después tendremos que ir a alguna tienda del centro para comprarle algo más adecuado. ¿Por qué le pusiste ese turbante? ¡Pobrecito, le debe pesar! —hace el intento de sacárselo, pero su hija la detiene.

—Tiene la cabecita llena de "habitantes", y le puse la loción que estaba en el botiquín —le explica su hija. La madre se tapa la boca, asombrada.

Carlos le sigue explicando a su hijo las consecuencias de consumir droga.

—Aquí estoy… —Diana viene con el niño en sus brazos.

—Parece otro —Iván se levanta para alzarlo—. ¡Qué flaquito está! Se le palpan sus huesitos.

—Además tiene su cuerpito fláccido. Lo único que hace es mirar con esos ojos saltones —Inés va a la cocina y le prepara una suculenta sopa como la que hacía cuando sus hijos eran pequeños.

—¿Qué tiempo tiene? —pregunta Diana—. Lo quise parar, pero afloja las piernitas.

Iván se fija en el papel que le dejó Laura.

—Aquí dice que nació… ¿hace tres años? —mira la criatura que tiene en sus brazos—. Parece un bebé de un año.

—Está desnutrido —explica el doctor de la casa—. Tendrás que llevárselo a Gustavo, él es pediatra y te puede indicar qué debes hacer.

—Pero papá, ¡ni siquiera se para solito!

—Por eso mismo, llevalo al hospital.

Iván vuelve a leer el papel.

—Puede ser mi hijo, papá. La fecha de nacimiento coincide con el tiempo en que me drogaba.

En la casa, todos asumen la responsabilidad, sin más preguntas. Inés mira al bebé mientras trata de darle de comer, pero él ni siquiera abre su boquita.

–¡Pobrecito!, ¿no sabe comer?

Diana trae una manta y envuelve la criatura.

–Vamos, Iván… Gustavo nos dirá qué tenemos que hacer.

El joven la sigue.

Después de revisarlo, Gustavo mira seriamente a los hermanos.

–No sólo está desnutrido. Debe tener alguna infección, a sus huesitos les falta calcio. ¡En fin…!, creo que está peor que un niño después de la guerra. Lo tienen que dejar internado para hacerle los estudios correspondientes, así sabré qué conviene hacer.

Iván afirma. Diana agrega:

–Cuando lo bañaba, me di cuenta que tiene lastimaduras en sus piernitas, bracitos y carita –le señala las llagas–. ¿Qué puede ser?

Gustavo se encoge de hombros.

–Hasta que no le hagamos los estudios, no puedo opinar –se guarda su preocupación para no agregar carga sobre los hermanos.

–Lo que quisiera que averigües, Iván, es si Laura consumía estupefacientes mientras estuvo embarazada. Eso ayudará bastante para el tratamiento que debemos hacerle.

El joven asiente y se retiran. Cuando caminan unos pasos, Diana se vuelve:

–¿Cuando estarán los resultados?

–No sé. Todo depende de la reacción que tenga al suero y las vitaminas. Está deshidratado, desnutrido y no sé qué más. Veré qué puedo hacer.

–¿Lo podemos venir a ver?

–¡Por supuesto! Las veces que quieran. Además, el afecto a veces cura mejor que las medicinas.

Diana sonríe y va a reunirse con su hermano. Gustavo se queda mirándola mientras se aleja. Con el pretexto del niño, ahora por lo menos la tendrá más cerca que antes.

Cuando van llegando a la casa, Iván se separa de su hermana.

–Voy a la comisaría a preguntarle a Laura lo que Gustavo quiere saber.

Diana afirma y entra a su hogar. Les cuenta a sus padres el diagnóstico de su médico amigo y concluye:

–¡Pobre ángel! Espero que podamos sacarlo adelante. No puede pagar él la insensatez de su madre.

Capítulo 21

El mejor remedio

Al otro día, los hermanos se hacen presentes en el hospital, para saber las novedades.

—Está reaccionando bien. Pero creo que tendremos que dejarlo internado por un tiempo. Va a costar recuperarlo —les explica Gustavo, luego mira a Iván y le pregunta—: ¿Averiguaste lo que te pedí?

—Sí, Laura dice que nunca consumió. Solamente le traía clientes a Cuchilla. Después que nació Germán, se dedicó a la prostitución. Pero Cuchilla la usaba como quería y casi no comía. Vivía en la pieza donde la mayoría se drogaba y llegó a un punto que no podía ni atender a su hijo.

—Al menos, es una buena noticia. Si su madre no consumió en su embarazo, hay más esperanzas —Gustavo lleva a Diana hacia un costado y le susurra al oído—. Las llagas que me preguntaste ayer son…

Iván observa con desconfianza, se pregunta por qué tuvo que apartarse.

—¡Por favor, decime qué son esas llagas! —la joven se impacienta.

—Son mordeduras de ratas.

Diana se tapa la boca y abre desmesuradamente los ojos. No puede creer lo que ha escuchado.

–¿Cómo puede ser?

–¿Alguna vez fuiste al lugar donde vivía Laura? –La joven niega con sus gestos–. Estaba infectado de roedores. Había basura por todos lados. Nadie las espantaba, así que proliferaban. El bebé debe haber dormido en el suelo y allí… –No sigue. Ve a su amiga que está por descomponerse–. Vení, sentate un rato.

Iván ha observado todo y enfrenta a su amigo.

–¿A qué se debe tanto misterio? Si se trata de mi hijo, quiero saber –Gustavo lo pone al tanto.

Diana se recupera un poco.

–Quiero ver a Germán –el joven pediatra la lleva a una sala especial, donde el niño está rodeado de juguetes y música infantil muy suave–. Lo tenemos aquí para incentivarlo más.

La joven se sienta en una silla, al lado de su cunita.

–Hola, mi amor. ¿Cómo te están tratando? –el niño al escuchar la voz femenina, gira su cabecita hacia ella–. Ese doctor tan serio te está dando lo que necesitás, ¿sabés? Tenés que hacerle caso. Aunque no te guste su cara –Gustavo sonríe sabiendo que se refiere a él. Se conmueve al ver cómo trata al bebé con tanto cariño. Será una excelente mamá. ¡Cuánto desearía ser el padre de sus hijos!

–Ese cariño que le das, vale más que mil remedios –la joven sonríe y sigue hablando y mimando a Germán.

Con la llegada de su sobrinito, Diana comprende que el Señor ha contestado sus oraciones y le indica que ponga un hogar de niños, en la casona de Isolina. Ella y su madre se dedican de lleno a acondicionar el lugar para ese fin. Cuando terminan la tarea ya tienen un pedido del juzgado para tres niños más.

–¿Crees que alcanzará el dinero para más chicos, hija?

Diana, en ese momento, se encuentra subida en el penúltimo escalón de una escalera, colgando una cortina con dibujos infantiles.

–El Señor proveerá, mamá. Él nunca falta a sus promesas.

Inés debe reconocer que no tiene la fe de su hija.

Es un día feriado y lo han aprovechado al máximo. Al regresar a su hogar, Diana encuentra a su padre y hermano conversando animadamente con un joven que ella no conoce. Cuando la ven llegar, los hombres se paran y el que acaba de llegar se presenta.

–Soy Santiago… Pero todos me llaman Nacho. David fue mi mejor amigo –la joven toma la mano que le extiende el joven.

–Sí, David me contó de su amistad. Él lo apreciaba mucho.

–Yo también a él –queda mirando a Diana, sorprendido–. ¡Estoy admirado de lo parecidos que son sus ojos a los de mi amigo! –la joven sonríe ampliamente.

–Son los de él… ¡Fue su último ***regalo de amor***! –En ese momento, Nacho recuerda que su amigo le había contado que su novia era ciega. Se queda un momento contemplándola y después se sienta–. Lo que más debo agradecerle a David es haberme hecho conocer al Señor. Desde el día que él estuvo en mi casa, todo cambió para mí. Pero no puedo quitarme la culpa de haberlo iniciado en la bebida. Si no lo hubiera hecho, quizá…

–Creo que si no hubiera sido la bebida, hubiera sido otra cosa… En el estado que David se encontraba, era capaz de todo –Diana lo consuela, sabiendo que lo que está diciendo es cierto. Hace el intento de levantarse para ayudar a su madre, pero Nacho la detiene.

–Perdone, señora, necesito hablar con usted –la joven vuelve a sentarse, atenta–. Cuando David estuvo en casa, yo ya había comprado la propiedad. Pero no quise hacer nada. Simplemente quería tener algo que había sido de mi mejor amigo. Al tiempo, decidí demolerla para hacer una vivienda para él. Cuando estaban construyendo, un empleado me trajo una caja de madera que encontró enterrada. Cuando la abrí, encontré que estaba llena de billetes. No sé la cantidad que hay, pero he venido a dársela, ya que usted es la esposa de mi amigo, y la única heredera.

Diana lo mira, asustada.

–Pero, ¿eso no le pertenece a Fernando, el padre de David?

–Le pertenecería si viviera, pero al poco tiempo de estar en la cárcel, lo descubrieron ahorcado en su celda. Dijeron que se suicidó, pero un amigo policía me dijo que siempre pasa lo mismo con los abusadores de menores. Estaba violado por los demás presos y no había nada a sus pies, así que es imposible que se haya suicidado. Los guardias, en estos casos, lo hacen pasar como suicidio, para que nadie investigue.

Todos se miran, asombrados.

–David nunca supo que su padre había muerto.

–Cuando fue a verme, yo lo sabía, porque la casa de sus padres, el gobierno la había confiscado por las estafas de Fernando y cuando yo me enteré que iba a remate, la compré. Pero la conversación con mi amigo siguió otro curso y no me acordé de decírselo. De todas maneras, nada hubiera cambiado –se levanta y se dirige a su auto–. Voy a buscar la caja que encontraron.

Ahora le pertenece.

Cuando regresa y la abre, Diana abre grande su boca y se toma las mejillas con ambas manos. Nunca vio tanto dinero junto. Después de observar un rato, reacciona.

—Pero si este dinero es de Fernando, debe haberlo adquirido en sus artimañas. No lo puedo recibir.

—Señora —le dice Nacho con paciencia—, si usted no lo recibe, lo más posible que se lo termine llevando algún policía tránsfuga, al menos en sus manos se podrá usar para algo útil. Su padre me contaba que quieren poner un hogar de niños. ¡Qué mejor que invertirlo allí!

—Tiene razón el joven, Diana —su madre interviene—. Hoy mismo me decías que el Señor iba a proveer. ¿Querés una contestación más oportuna?

—¿Qué voy a hacer con este dinero? ¡Es un peligro tenerlo en casa!

—Yo le aconsejo que abra una cuenta en el banco. Allí estará seguro y usted podrá disponer de él cuando lo necesite. Si deciden poner el hogar de niños, cuenten conmigo. Desde que me hice cargo de las empresas de papá, he ganado bastante y le pedía al Señor que me indicara en qué podía invertir. Ahora tengo la respuesta.

—¿Y su mamá? —Diana no puede contener su curiosidad.

—La encontraron muerta en su dormitorio. Después que falleció papá, se dedicó a la bebida. La autopsia determinó que había ingerido mucha bebida blanca. Su corazón no resistió.

Inés invita a Nacho a cenar. Disfrutan de una hermosa velada. Antes de irse, Carlos invita al joven a la reunión en la iglesia, él acepta gustoso.

Gustavo sigue atendiendo a Germán. Como Iván trabaja en el mismo hospital, está al tanto de sus adelantos. Para alegría del joven pediatra, Diana viene todos los días a mimar a su sobrino. El niño ha recuperado bastante peso y progresa cada día. Después de algún tiempo, cuando la joven le habla, le da la sorpresa de sonreírle. Esto la emociona hasta las lágrimas. Gustavo se dedica por completo a la recuperación del bebé, de esa manera, tiene a Diana todos los días en el hospital. Después de estar con el niño, él le comenta sus adelantos.

—Ya se le curaron las llagas. Sabiendo qué eran le pudimos poner los cicatrizantes más convenientes. Lo que mejor le hace son tus visitas. Parece que está esperando que vengas.

—Lástima que no puedo venir a la tarde por la facultad.

—Demasiado hacés por esa criatura que ni siquiera es tu hijo.

—No es mi hijo, pero es mi sobrino. Aunque Iván lo dude, yo no… —hace gestos de tristeza—. De todas maneras, creo que sea de quién sea, no importa. Por una criatura en esas condiciones, yo haría todo lo que pudiera para ayudarlo. De paso, quiero agradecerte lo que hacés por él. Cada día compruebo sus adelantos, y eso te lo debo a vos.

El joven sonríe ante el halago, pero no revela su verdadera causa.

El fisioterapeuta le enseña a Diana algunos ejercicios que lo ayudan a adquirir movilidad. Ella los hace al pie de la letra. Después de un tiempo, logran que se pare solito. La emoción de la joven desborda.

—Dentro de poco dará sus primeros pasos. También la fonoaudióloga le está enseñando a hablar.

La primera palabra que balbucea es "mamá" y se la dice a

Diana. Ella lo alza y abraza.

–¡Gracias, mi amor! Aunque no sea tu mamá, es hermoso que lo hayas dicho.

–Has sido para él mejor que su madre –Gustavo la observa enternecido.

Ella sonríe y lo pone parado en contacto con el piso, para enseñarle a dar pasitos. Al principio no lo consigue, pero ante su perseverancia, al poco tiempo ya camina solito.

–Creo que le podemos dar el alta. Ya ha recuperado peso y se maneja solito. Todavía requiere cuidados especiales, pero no dudo que se los vas a dar –el joven pediatra lamenta darle esa noticia, porque ya no la tendrá todos los días en el hospital. Pero buscará un pretexto para ir a su casa. Ahora tendrá un motivo creíble.

En el hogar de niños, además de Inés y algunos hermanos de la iglesia, Iván ha decidido trasladarse allí. Tienen ya doce niños entre 2 a 6 años.

Gustavo, como se ha especializado en pediatría, ayuda en el lugar a cuidar la salud de los niños. Llega el otoño y el parque de la casona se viste de toda clase de amarillos y marrones. El piso parece una gran alfombra. Diana no permite que lo limpien, porque los niños juegan con las hojas secas como si fueran los mejores juguetes.

Ella está cursando su cuarto año de medicina, pero se las ingenia para dividir el tiempo entre la facultad, su sobrino y el hogar de niños. Es feliz viendo el adelanto que tienen esos chicos desde que ingresan.

–Tengo que agradecerte tu colaboración –le dice un día a Gustavo mientras pasean por el parque lleno de hojas secas–.

Es maravilloso ver la mejoría de los chicos. Gracias también por los medicamentos que nos regalás. Papá también nos trae, pero como él está en un sector para personas mayores, no es lo mismo.

Gustavo camina lentamente a su lado.

—¿Todavía extrañás a David? —le pregunta sin mirarla a los ojos.

—¡Nunca voy a olvidarlo! ¡Fue alguien muy especial para mí!

—Hace cinco años que murió… ¿no es tiempo que rehagas tu vida? —el joven, que sigue enamorado de ella, siente que cada vez es más inalcanzable.

—Soy feliz haciendo lo que él me pidió. Estoy estudiando medicina. La casona de su abuela se ha convertido en refugio de niños desahuciados.

—¿Y cuando te recibas, qué proyectos tenés en mente?

—Creo que cumpliré mi deseo de trabajar entre los wichis, sin dejar el hogar de niños, por supuesto.

—Yo también siento ese llamado del Señor. Esa gente está aislada del mundo. Nadie se ocupa de ellos.

—¡Sería hermoso que pudiéramos trabajar juntos! —Diana se entusiasma.

Gustavo sonríe apenas. Va a ser muy lindo trabajar con ella. Pero, ¿cómo aguantará su indiferencia? Cada vez que mencionan a David, ella se pierde en sus recuerdos.

Llegan a la escalinata de entrada y el joven se despide.

—Tengo que volver al hospital. Me están esperando.

Diana le deposita un suave beso en la mejilla y sube las escaleras. Él la ve desaparecer en el interior de la vivienda y se toca la cara donde lo besó. Se vuelve y camina muy despacio.

Iván lo alcanza.

—¿Cómo te fue con mi hermana?

–¡No puedo competir con un muerto! –en la voz de Gustavo se trasluce la desilusión.

–Pero eso tiene que cambiar.

–¿No la ves todos los días, sentada en la fuente, leyendo la carta de David?

Iván reconoce que su amigo tiene razón. Lo despide y vuelve a la casona. Por suerte él se ha enamorado de Dorcas, una joven creyente que trabaja en el hogar de niños, pero es correspondido. Además adoptó a Germán como su propio hijo y deja traslucir su amor por él. El mocoso, cuando lo ve, le estira los bracitos y lo llama por su nombre, que lo derrite. Nunca se imaginó querer tanto a una criatura, ni tampoco ser amado por una mujer tan especial como Dorcas.

Nacho es un asiduo asistente a las reuniones en la iglesia. Iván se da cuenta que gusta de Alejandra, una joven creyente, y también que a ella no le es indiferente. Como ya tiene la suficiente confianza con el amigo de su cuñado, salen juntos a tomar helado en una confitería.

Mientras charlan de diversos temas, Nacho pregunta, tratando de no descubrirse.

–¿Cuántos años tiene Alejandra?

Iván sonríe picarescamente y su amigo se da cuenta que es inútil ocultar sus sentimientos.

–No sé bien, me parece que 25 años, más o menos. ¿Te hace latir el corazón, no?

Nacho sonríe con un dejo de tristeza.

–Sí, pero es un caso perdido para mí.

–No digas pavadas. ¿Crees que no me doy cuenta cómo te mira? Así no se ve a un amigo.

–Sé que también le gusto, pero ha sido terminante en su posición.

–¿De qué estás hablando?

–Soy divorciado, Iván, y Alejandra no aceptará casarse con un tipo como yo. Ya me lo hizo saber claramente.

–Perdón, no sabía… ¿Y qué pensás hacer?

Nacho se encoge de hombros.

–Nada. Debo pagar los errores de mi pasado, y este es uno de los costos.

–Si sabré yo lo que son los costos de los errores cometidos: No pude estudiar más. Me tengo que conformar con ser un simple empleado. Tengo un hijo que no sabía que existía… –reflexiona un momento y agrega–. Aunque de eso no me arrepiento, porque esa criatura me ha robado el corazón, y a mi novia también.

La conversación sigue su curso y luego de un rato, se despiden.

Epílogo

La familia Soluaga asiste en pleno al acto de graduación de Diana en la Facultad de Medicina. Ella sostiene su título y cuando le dan oportunidad de decir unas palabras, agradece a sus profesores, amigos y familia por el apoyo brindado. Termina con estas palabras:

—Y agradezco por sobre todas las cosas a mi esposo David Saldívar, pues si no hubiera sido por él nunca tendría este título en mis manos.

Gustavo escucha esas palabras y se le encoge el corazón. ¡Nunca lo olvidará! Es inútil seguir luchando. Pero, ¿qué tiene que hacer para olvidarse de ella? La ama desde su niñez y, aunque ha tratado a muchas chicas más, nunca encontró a nadie que pudiera arrancarle tal sentimiento.

Después del acto, se reúnen en el salón principal del hogar de niños para festejar el acontecimiento. Todo es risa y alegría, hasta que una ambulancia viene a buscar al doctor Carlos.

—Por favor, doctor, hubo un enfrentamiento de bandas y llevaron muchísima gente herida al hospital. Estamos desbordados.

Al instante, el profesor y Gustavo corren hacia el vehículo que los traslada al nosocomio. Es tremendo ver tanta gente herida. Algunos han muerto. La mayoría son jóvenes. Ni bien llegan los médicos se dedican a la tarea de revisar y derivar a los más graves a terapia o a quirófano.

Detrás de ellos, llega Diana, quien urgió a Nacho que la llevara hasta el hospital. La joven, con su vestido de fiesta, no está acorde a las circunstancias, pero a ella no le importa. Al poco tiempo tiene su traje manchado con sangre, pero sigue ayudando en lo que puede. Aunque ya tiene el título, esto la desborda. ¡Vaya manera de iniciar su carrera! Nunca se imaginó comenzar de esa manera.

Nacho e Iván también tratan de ayudar, pero como no son médicos, simplemente obedecen lo que les indican. Cuando están trasladando una paciente a terapia, Nacho se detiene en el trayecto y queda tieso. Iván lo urge a seguir, pero él se niega. El muchacho lleva la paciente a emergencia y vuelve para reprender a su amigo.

–¿Por qué no seguiste? Esa chica se veía muy mal.

–No pude. Es mi ex esposa. No imaginé encontrarla aquí, y menos en esta circunstancia –Iván aprieta el hombro de Nacho y vuelve a su tarea.

Cuando ya todos están atendidos, Carlos, Gustavo y los demás médicos se sientan, están agotados.

–¡Qué noche nos tocó! –Diana se reúne con ellos.

–Mirá tu vestido de egresada –Gustavo se asombra–. La sangre ha cubierto el brillo.

–Eso es lo de menos –ella también se sienta–. ¡Nunca me imaginé que debutaría con algo así!

Los demás se ríen ante la ocurrencia. A pesar de todo, ella no pierde el humor.

–¿Dónde está Nacho? Necesito que me lleve a casa a cambiarme.

Iván, parado a un costado, interviene.

–Está en terapia. Su ex esposa era una de las víctimas.

Los dos hermanos Soluaga, acompañados por Gustavo, se

dirigen a terapia y llegan justo en el momento en que a la joven, de quien estaban hablando, la sacan en una camilla con el rostro cubierto. No necesitan que nadie les diga lo que pasó. Nacho mira el cuerpo que se aleja, sin atinar a nada. Iván se acerca.

–¿Querés que averigüe quién se hará cargo de ella?

Nacho simplemente asiente.

–Tienen que esperar para saber si alguien reclama el cuerpo –interviene Gustavo, sabiendo las reglas del hospital–. Lo dejan en la morgue 48 horas y si nadie lo busca, lo creman. Mañana seguramente saldrá la lista de fallecidos en el diario y la televisión. Así todos se enteran y pueden venirlos a buscar sus familiares o conocidos.

–Tendrás que esperar dos días, Nacho –éste mira a Iván con su rostro sin expresión alguna.

–Vamos, Diana, te llevo –es lo único que pronuncia, mientras se retira con su cabeza baja, mirando el suelo.

La joven lo sigue, mientras Gustavo le hace señas poniendo su dedo índice en la mitad de su boca cerrada, indicándole que no le diga nada.

Pasan las 48 horas. y nadie aparece a buscar el cuerpo de la joven víctima, por lo que Nacho se hace cargo, como ex esposo y ordena el entierro de la misma.

Luego de dos semanas, cada uno hace la tarea que le corresponde, pero todos han perdido el humor. Hasta Diana está callada. La escena que vivieron fue muy fuerte.

Iván lleva a Nacho a una confitería para animarlo un poco.

–¿Hacía mucho que estabas divorciado? –trata de iniciar una conversación.

–Creo que ocho años –el joven queda callado, jugando con

una servilleta–. Pero no estoy mal. La verdad es que casi no recordaba su rostro. No quedaba ningún sentimiento hacia ella.

–Mejor así.

–¿Sabés lo que he pensado estas dos semanas?

–No estoy en tu mente.

–¿Te acordás que el impedimento de Alejandra para aceptarme era que estaba divorciado?

Iván se da cuenta a dónde quiere llegar su amigo.

–¡Es verdad! Quiere decir que ahora ya no está ese impedimento.

–¿Te parece que me aceptará?

–Todavía no se ha casado, y que yo sepa, no tiene novio.

Vuelve la alegría al hogar de niños. Como Iván lo predijo, Alejandra acepta a Nacho y disponen la fecha de boda. A ellos se une el joven Soluaga y Dorcas. Será un casamiento doble.

Gustavo celebra la alegría de sus amigos con un dejo de nostalgia. "Sería hermoso que fuera una triple boda". Observa a Diana, sentada en la fuente, con la carta ya casi ilegible que le dejó su esposo y se le anuda el estómago. "¡Nunca lo olvidará!" Cuando vuelve a levantar la vista, le llama la atención la actitud de la joven, que ha hecho un bollito con la carta y la tira a la fuente. "¿Qué pasó?" Baja las escalinatas de la casona y va a su encuentro.

–Te vi cuando arrojabas la carta de David en la fuente. ¿Por qué lo hiciste?

Diana lo mira con sus ojos nublados.

–Había cumplido todos los deseos de mi esposo, menos uno… –como Gustavo nunca supo lo que esa carta decía, no sabe a qué se refiere la joven.

–David me pedía que rehiciera mi vida, que me casara, que tuviera mi propia familia… mis propios hijos –mira al joven médico–. Y eso es lo que voy a hacer. Creo que hay alguien que me ama desde hace tiempo y yo he aprendido a amarlo también. Es un ser excepcional. Siempre recordaré a David, pero ya es hora que cumpla su último deseo.

Gustavo no se anima a preguntar. Mira a Diana esperando que le confirme de quién está enamorada, con el corazón palpitante.

–¿Querés saber quién es el que se ha ganado mi corazón? –dice esto acercándose más a él.

Como no obtiene respuesta, la joven llega hasta Gustavo, levanta sus manos y las cruza en el cuello de él.

–Esto lo tendrías que decir vos… Pero, como parece que te han "comido la lengua los ratones", tendré yo la iniciativa: Te amo, Gustavo. ¿Te casarías conmigo?

El joven no lo puede creer. Toma a Diana en sus brazos y la besa una y otra vez.

–Creía que nunca llegaría este momento. Te amo… te amo desde que éramos chicos. Cuando te casaste con David, perdí las esperanzas. Pero cuando él falle… –se detiene.

–Decilo sin problema… Cuando él falleció, te volvió la esperanza. Te aseguro que me costó muchísimo. David fue alguien muy especial para mí. Gracias a él puedo ver. Pude estudiar.

–Y esos ojos azules que te regaló hacen un contraste hermoso con tu cabello oscuro.

Diana ríe en sus brazos. Muy juntitos, se dirigen al interior de la vivienda. Al llegar en esa posición, todas las miradas se dirigen a ellos.

—¡Habrá una triple boda! —anuncia Gustavo, inmensamente feliz.

—¡Y ya tenemos quién lleve los anillos! —Iván señala a su hijo que está en sus brazos.

Se escuchan aplausos de toda la concurrencia.

Palabras finales de la autora

Quisiera hacer una reflexión final: Si después de haber leído la novela se identificaron con alguno de los personajes, la idea es crear conciencia de lo que ocurre cuando desestimamos el consejo de Dios.

Tal vez las consecuencias no sean tan terribles como sucedió con Noemí, pero nunca disfrutarán la felicidad estando en yugo desigual o en desobediencia al Señor, en cualquier otro aspecto de su Palabra.

Existen muchos jóvenes, tanto varones como mujeres, que gustan de alguien no creyente, pensando que podrán convertirlo. Mi consejo es que nunca comprometan sus sentimientos antes de saber cómo será su comportamiento. Quisiera darles el consejo que le di a mi hijo un día que me enteré que salía con una chica inconversa. Cuando él me preguntó cómo podía saber si era sincera al ir a la iglesia y pedir el bautismo, le dije que la dejara. Si ella persistía en asistir, lo más posible es que realmente fuera salva.

Él hizo lo que le aconsejé y al poco tiempo la chica dejó de asistir a la iglesia. Fue un buen indicador para saber hasta dónde era sincera.

También les aconsejo a aquellos cuyo vicio es la pornografía, que pidan al Señor ser liberados de ese hábito que trae tremendas consecuencias. Al principio todo es lindo, pero con el tiempo llega a cauterizar la conciencia de tal manera que nada parece mal.

Y en cuanto a la bebida y a las drogas, podría contarles tremendos testimonios de jóvenes que arruinaron sus vidas con esos vicios. La mayoría, como el ejemplo de Iván, no pudieron seguir estudiando y, como en el caso de David, si no tuvieron cirrosis, su hígado quedó en tal estado, que todo lo que comían les caía mal, sin contar con los frecuentes dolores de estómago o de hígado.

Por favor, pido a los lectores de este libro que reflexionen en los ejemplos que aparecen en el relato. Son historias reales, aunque estén adaptadas.

Que el Señor los bendiga y les ayude a recomponer las vidas arruinadas y también, a los que todavía no pasaron por esto, que los libre de caer en estas tentaciones que traen tan malas consecuencias.

Estoy completamente a las órdenes de aquellos que deseen consultarme o pedirme un consejo. Los años que tengo me han servido para escuchar testimonios de jóvenes y adultos que muchas veces me hicieron estremecer, pero que me doy cuenta, servirán para otros que no han llegado todavía a esas situaciones y puedan evitarlas.

Gracias por los testimonios recibidos y deseo de todo corazón ser de bendición para todos.

Con amor en el Señor:

Susana Quero de Tosini.
susyquero_728@hotmail.com

www.ingramcontent.com/pod-product-compliance
Lightning Source LLC
Chambersburg PA
CBHW071407150726

48000CB00001B/205